少年期
「九月の空」その後

高橋三千綱

集英社文庫

目次

十六歳の夏、京都　7
金沢、斜め雪　47
鯉のぼり　87
東京の夏　125
姉の駆け落ち　164
古都の底冷え　203
青春の行方　242
あとがき　281
解説──池上冬樹　283

少年期「九月の空」その後

十六歳の夏、京都

金村《かねむら》は目を剥《む》いて勇《いさむ》を睨《にら》んだ。

「京都？　いつから」

「今夜、夜行バスで行く」

大盛りのソース焼きそばを口の中にほおばって勇は金村の強い視線をかわした。

金村はふりかけ海苔《のり》の付着した唇を尖《とが》らせて言葉を放ってきた。

「じゃあ合宿はどうするんだ」

「それまでには戻るよ」

「三日しかないぞ」

「軍資金がないんだ。必ず戻る」

豚肉を焼きそばの山からさぐり当てて勇は頬をゆるませた。店に入ってきた女子高生二人が氷いちごを頼んだ。そんな無駄遣いをするくらいなら、おれならもう一杯うどんを食うと思いながら勇はフォークを動かした。

「だが、おまえは……」

そう金村が言いだしたとき、わあ、すごい量、と女子高生の一人が勇の食べている焼きそばに目をやって感嘆の声をあげた。

勇が見返すと、あ、すみません、と口に手をあてて肩をすくめた。勇たちの通う高校の隣にある女子高生たちで、彼女たちがテーブルが三つあるだけの、冷房装置もとりつけられていないこんな小汚い店に入ってくるのは珍しい。

口をもぐもぐとさせながら、勇は女子高生がしきりにまっ白いハンケチで鼻のあたりを拭うのを眺めた。話の端《はな》を折られてムッとしていた金村は気を取り直して、再びおまえな、と言いだした。

「春のときにもそんなことをいって旅行に出て、結局四日間しか合宿に参加しなかったじゃないか。おまえのおかげで、おれたちまでさんざんしぼられたんだぞ」

「悪かった」

腹のあたりが少し冷んやりとした。旅先の妻籠《つまご》で出会った娘の顔が、薄暗い店内に、まるで夜空に輝く満月のように浮かび上がって見えたからだ。

「おい、どんどん食わないと冷めるぞ」

金村の皿に盛られている大量の焼きそばを勇はフォークで指差した。分かってるよ、とふてくされた顔で金村は答え、不承不承フォークを立てた。

「小林《こばやし》はキャプテンなんだからよう、キャプテンがしっかりしてくれなきゃ一年生に示しがつかないだろ。おれたちの代になって剣道部がだらけたなんていわれたら、先輩達からどんな目に遭わされるか分からないんだからよう」

「戻ってくるよ、おまえも相当に苦労人だな、おれだって終業式くらいは出るさ」

もう三分間以上食べているのに焼きそばはまだスフィンクスのように残っている。勇は焼きそばと格闘している気分になって口をせわしく動かした。汗がどんどん胸から出てくる。

「だいたい試験休みに旅に出ることないのにな。一体何しに京都に行くんだよ」

金村に真面目な顔をして訊《き》かれて、勇は居心地が悪くなった。まず、うん、といってから胸につかえた焼きそばを水で流し込み、ジイさんの墓があるんだと簡単に答えた。

「へえ、じゃおまえんち京都なのか」

「先に死んだバアさんが京都で、どういうわけか大阪で商売をしていたジイさんも、死んでからはバアさんの墓に居候《いそうろう》しているんだ」

「つまり、ジイさんバアさんの墓参りか」

「つまり、そういうことだ」

勇は金村の言葉を借りて都合よく相槌を打った。隣のテーブルでは女子高生が氷いちごを食べだした。つめたーい、なんぞといっている。京都の女の子なら、もっとやわらかい言い方をするのだろうなと想像しながら、やっと目に見えて減りだした焼きそばを、ほっとした思いで口に運んだ。

「でも、法事でもないのに、おまえ一人で京都に行くなんて、ヘンじゃないのか」

実直な性格の金村は、時々妙に理詰めになる。

「今祇園《ぎおん》祭《まつり》だからな。明日は宵山《よいやま》だ」

「へえー、小林がそんなものに……」

続いて何か言いかけた金村は、目をガマ蛙《ガエル》の親分みたいに剝き出すなり、あっ、と叫んだ。

「てめえ、そういやあ、春休みにどっかに旅したとき、京都から来た女の子たちと仲良くなったとかいっていたな！」

野太い声が狭い店内と夫婦者が働いている暑い調理場に響いた。背後に座っている男子生徒たちの間から忍び笑いが洩《も》れた。隣の女子高生は何事かと金村と勇を見ている。勇の背中が火傷《やけど》したように熱くなった。

「小林、その女たちに会いに行くんだろ。墓参りだなんて殊勝なこと言いやがって、おまえ、秘《ひそ》かにその子たちと文通をしていやがったな」

鎮めようと思った勇だったが、金村の前時代的な言い方に反応した女子高生がたまらずに笑いだしたのを機会に、一緒になって大笑いをした。

「は、は、は」

最後に声が掠《かす》れて笑いが跡切《とぎ》れたときは、尻の穴まで赤くなった。

「勇くん、京都に行くんだって？」

訪ねてきた叔父は、六畳間の襖《ふすま》を開けるなりそう口にした。スポーツバッグに下着類を詰め込んでいた勇は、ひげそりあとの濃い叔父の顎に目をとめ、ああとだけ返事をして旅仕度を続けた。

「暑いだろうなあ。でも、あの暑さは懐かしいなあ、昔、ぼくもちょっとだけ住んでいたことがあるんだ」

叔父は呟《つぶや》くようにそういっていたが、勇が相手をしないので黙って勇のすることを眺めていた。調布《ちょうふ》駅から四つ奥に入った駅の、駅裏の木造アパートに住んでいる叔父は、同居している女性の帰りが遅いことがあらかじめ分かっているときは、小林一家の住む借家にやってきて夕食を摂《と》ることにしているようだった。

「なんだい？　小遣いでもくれるの？」

叔父がなかなか立ち去らないので、勇は手を休めずにそう訊いた。返事はなかった。勇は目を上げた。眼鏡の奥の叔父の目が柔和に丸味を帯びていた。頰がゆるんでいる。笑っているのだが、爽やかさに乏しくて、勇にはにたりとしているように見える。

勇は叔父を置いて洗面所に行き、自分の洗面用具をまとめた。六畳間に戻ってくると、叔父は財布を開いて視線を落としていた。

「これは、勇くんに」

そういって叔父は聖徳太子の載った札を一枚差し出した。

「おっ、ほんとにくれるの？」

たいした金額ではなかったが、千円でも、京都までのバス代の半分近くはまかなえた。それに、大阪に妻子を残して上京してきた叔父には、余分なお金などほとんどないはずだった。

「それからね、四条大橋《しじょうおおはし》から八坂《やさか》神社に向かう途中の左側に『かえで』という甘味喫茶があるんだけど……」

叔父はそういいながらもう一枚、千円札を抜き出した。

「そこに大野《おおの》さんという女の人がいるんだ。その大野さんに、娘さんへといってこれを手渡してほしいんだ」

差し出された千円札を、勇は無造作に受け取った。大野さんだね、とだけいって洗面用具をバッグの中にしまった。

あっさりとした勇の態度に叔父は不安を抱いたらしく、口の中でもぞもぞと何事か呟いてから、かえでだよ、と念を押した。

「かえでの大野さんだろ、分かったよ」

バッグのチャックを閉めてポンと叩《たた》いた。叔父は所在なげに部屋の中央に突っ立って俯《うつむ》いている。勇は椅子に座り、勉強机に肘をついて忘れ物はないか考えた。

「京都の織物問屋に勤めているときにね、その人と少し付き合ったことがあるんだ。もう十六年も前のことなんだけど」

叔父の声は低いが甘さがある。粘着力があるように感じられるのは、性格に暗さがあるせいかもしれない。

「叔父さんがいくつのときだ？」

「二十二歳だった」

「じゃあ、叔父さんとおれは二十二もトシが違うのか」

勇は素っ頓狂な声をあげた。父は八人兄弟の二番目で叔父は八番目だった。父と叔父は十八年の開きがあり、それじゃまるで兄というより親に近いと思ったことがあるのだが、まだ学生臭さを残している叔父と自分との間にそれ以上の歳《とし》の差があるのはなんだか不思議な気がした。

「おれより二十二年も人生経験を積んでいるようには思えないな。それに、いまだに一間《ひとま》のアパート暮らしだもんな」

ぞんざいな勇の口調に対して、叔父は頬を脹《ふく》らませて笑っただけだった。勇はひき出しから登山ナイフとフォーク、スプーンが一緒に納まっている用具を取り出して、鞘《さや》の部分を自分のベルトに通した。

「ジイさんの墓参りをしようと思うんだけど、寺の名前、知ってる？」

「いや、ちょっと覚えてないな。確かここに……」

叔父は困惑した様子でボロボロにすり切れたアドレス帳を開いた。

「なんだよ、おれにとってはジイさんでも、叔父さんにしてみれば親父《おやじ》だろ？　親が眠っている墓地がどこにあるか知らないの」

眉間に深い皺《しわ》を作っている叔父を見てあきれながら、叔父は養子に出されたと聞いていたがそれは随分小さい頃のことで、むしろ里子に近い形だったのかもしれないと勇は思い出していた。

「あった、これだよ」

叔父の顔が明るくなった。メモ用紙を受け取って勇はスポーツバッグを肩に担いだ。

「お袋と姉貴が帰ってきたらよろしくいっておいてくれよ。三日したら戻るからってね」

「よろしくって、勇くん、きみは……」

叔父は苔《こけ》むした顔を勇に向けて心細気に見つめた。勇は片手をあげ、叔父を置いて家を出た。暗い芋畑の上に星が出ていた。風が吹いてとうもろこしの葉がさわさわと音をたてている。勇は自分が小学二年生のときに亡くなった白いひげを生やした祖父の顔を思い出して、少し感傷的な気分になって足を速めた。

三ヶ月半前に、長野県の妻籠で同い齢《どし》の女子高生と会い、金村に図星をさされたように何度か手紙をかわし合い、祇園祭に来られるようなことがあれば京都を案内したいと書かれた便せんを手にしてそれもいいと思ったとき、まず一番初めに、祖父の墓参りができると頭にひらめいたのだ。

小さい頃、祖父はいつでも勇の馬になってくれた。そして、馬のままで死んでしまった。そのため反抗期を過ぎたあたりから、祖父のことを時々思い出しては、胸がチクチクと痛む感じを抱いた。

公民館前の広場に、夕すずみをする人々が数名出ていて、手にしたうちわで虫を追い払っていた。これから京都に一人で行くのだ。そう思うと、自分が新撰組《しんせんぐみ》の一員になった思いがして、思わず武者震いが出た。


京都駅には朝の六時過ぎに着いた。バスはほぼ満席で、学生がほとんどだったが、高校生は勇一人だけだった。

バスから降りると、それまで寝惚《ねぼ》けた顔でいた客は、数分後にはそれぞれの目的地に向かって散っていった。白い雲に覆われた空を見上げてぼうっとしていた勇は、思いついて駅構内に入り、まず便所に行って用を足し、手を洗うついでに洗顔した。

眠気は覚めたが、文通相手の山本《やまもと》ミドリの家を訪ねるのはさすがに時間が早すぎる。いちおう今日あたりに京都へ来ることは葉書で知らせたが、返信を受け取る前に本人が来てしまったので相手の都合が分からない。いちおう電話番号だけでも調べておこうと思い、左京《さきよう》区の住所を頼りに山本姓を電話帳で捜してみたが合致するものがない。

勇は東京で手に入れた極めて大雑把に描いてある京都観光マップを開いて、山本ミドリの家のあるあたりを捜した。どうやら一乗寺《いちじようじ》に近いらしい。この間までは水田地帯だったのだろうな、と吉川英治《よしかわえいじ》の書いた宮本武蔵《みやもとむさし》の一節を思い出しながら胸の内で呟いた。それから四条大橋と八坂神社の中間あたりにあるという「かえで」の店の位置を確認し、そこが京都駅からそれ程離れているように見えなかったので、ひとまず「かえで」をめざして歩きだした。

まず河原町通《かわらまちどおり》に出て北に向かう。商店はみんな戸を閉ざしているが、通りは不思議に古風な清潔感が漂っていて店の前はすでに掃き清められている。それでいて人の気配がしない。木造の古い家の台所から魚を焼く匂いが漂ってきて勇の空っぽの腹を刺激した。

歩きだしたときは、それ程暑さを感じなかったのだが、七条《しちじょう》を過ぎる頃には額から汗が流れだした。空気も重くて熱が霧雨のように降ってくる。それに、目的地がなかなか現われてこない。観光地図で見ると横に三本の筋が通っているだけだが実際に歩いてみると細い道が何本も出てくる。百貨店の建物を右手に眺め上げたときには剣道で、朝稽古を終えた程に疲れていた。

めざす店は四条通の花見小路通《はなみこうじどおり》を通過したすぐ左手にあった。店の戸は閉ざされているが、店の前にはすでに水が打ってある。叔父の昔の恋人というと相当のおばさんなのだろうなと思いながら勇は八坂神社に向かった。石段を上り砂利道を進みながら、どうにも眠いと思っていた。

目をあげると松の枝が張り出した下にベンチが置いてある。勇はスポーツバッグの中から菓子パンと缶ジュースを取り出し、簡単な朝食を摂った。それからスポーツバッグを枕にしてベンチにごろんと横になった。

人声がするので目を覚ますと、勇の寝ているベンチを取り囲むようにして老人たちが突っ立っている。観光バスのガイドらしい女が視線を遠くに向けて喋《しゃべ》っている。ここには牛頭天王《ごずてんのう》が祀《まつ》られていると説明している。

「祇園祭は平安時代の貞観《じようがん》十一年、都に疫病がはやりまして、その退散を願って民衆の間ではじめられたのがおこりであるとされています。以来千百年、祭りは応仁《おうにん》の乱、天明《てんめい》の大火などさまざまな……」

下から見ているとガイドの鼻の穴が三角形になっていて、それが息を吸うたびに丸くなる。ガイドの説明を老人たちと一緒にぼんやり聞いたあとで突然勇は立ち上がり、神社を大急ぎで回った。

そのあとで何も急ぐことはなかったのだ、と寝惚けた頭を振り、京阪《けいはん》の四条駅に戻って電車に乗った。一乗寺まで行くつもりだったのだが、電車は三条《さんじよう》でいきなり右に方向を変え、やがて山を上りだした。あわてて降りて引きかえし、東山《ひがしやま》三条でベンチに座っている老婆に山本ミドリの住所を示して、どうしたらそこに行けるのかと聞いた。

老婆はふにゃふにゃといっていたが結局要領を得ず、近くを歩いていた会社員風の男に改めて尋ねた。それから教えられたバスに乗り、一乗寺木ノ本町《きもとちよう》というバス停で降りた。

山本ミドリの家はそこから数分のところにあった。近くには野原もあり、建築中の家も何軒か建っている。山本、と表札の出た家は二階屋の比較的新しく建てられた家のようだった。勇の肩程まである白い塀に囲まれていて、門扉から玄関まで丸い敷石が五つ置かれている。

時間は九時を少し回ったところだった。白かった空は割れて青空が顔を出し、強い光が射してくる。勇は手拭いで顔の汗を拭い、それをバッグの中にしまってから呼び鈴を押した。

すると犬の鳴き声が響いてきて、人が廊下を走る気配が伝わってきた。二階に目をやるとカーテンが少しだけ横に引かれ、白い顔がこちらを見下ろした。その顔の中にある黒い瞳が騒々しく見開かれ、口がぱっくりとあけられた。カーテンが再び閉じられると階段を踏む音が響き、女の話し声が洩れてきた。

二階から顔を覗《のぞ》かせたのは確かに妻籠で出会った女子高生の山本ミドリだった。勇は手を振ろうとしたのだが、ミドリの方ではただあわててしまったらしく笑顔も返ってこなかった。

少し早過ぎたかもしれないと思っていると、玄関のドアが開かれ上品そうな婦人が出てきた。鉄製の門扉を開き、どちらさまですやろと訊いた。

勇は東京から来た小林勇というもので、ミドリさんに会いに来た、とはっきりといった。婦人はゆっくり頷《うなず》いてから、それは遠いところをご苦労はんどした、といったあとで、娘は親戚のところへ出掛けてしまっていて今日は戻らないと申し訳なさそうにつけ加えた。

えっ、しかし、と勇は呟いたまま茫然《ぼうぜん》とした。二階に目をやり、今あそこから覗いていたではないか、といおうとして言葉に詰まった。婦人の顔に同情の色が張りつけられていて、とても嘘《うそ》をいっているようには思えなかったからだ。

勇は突然来てすみません、と頭を下げた。

「いえいえ、どうぞ気いつけて。またおこしておくれやす」

婦人も丁寧に身体《からだ》の前に両手をそろえておじぎをした。山本家を離れながら、では、あれはミドリさんの妹だったのだろうと勇は思った。妻籠の民宿で隣合わせの部屋になり、ミドリの友人と三人でトランプなどをして遊びながら楽しい一晩を過ごしたのだ。文通でさらに親しみが増したと理解した勇は、もしうまくいけばミドリの家に泊めてもらうことができるかもしれないと都合のよいことも考えていたのだ。

あてがはずれて懐中にある四千六百円の使い道を真剣に検討しだした。ユースホステルを利用すれば一晩五百円ですむ、しかし、味気ない、と思ったところで、勇はもう一度山本家にとって返した。ミドリが行っているという親戚の電話番号を聞き出し、彼女に電話をして声だけでも聞こうと思いたったからだ。

呼び鈴に手を伸ばして、ふと止めた。だってえ、という家の中から響いてくる声に聞き覚えがあった。そのカン高い声は庭木に当たった陽光を斜めによぎって勇の耳に突き刺さってきた。

「そんなことというたかて、ほんまに来はるとは思わへんもん。うちかて、信じられへんわあ」

勇は雷光に打たれた思いで立ち尽くした。白く丸いミドリの顔がまっ黒に変色して牙を剝き出すのが見えた。とりたてて美人ではなかったが、あたたかいものを感じさせる娘で、一緒にいるとほっとするものを抱かせてくれた人だった。

その娘が、こんな言葉を吐くとは勇の方こそ信じられなかった。これが京都の女の心なのだろうか、こんなふうな仕打ちを男に与えて京都の女は表面上はにこやかに笑って生きてきたのだろうか。

東国の武士や、九州、四国の田舎侍たちが白粉《おしろい》をほどこした女に頭を撫《な》でられて、げたげたとごきげんになって笑っている様子が勇の脳裏に浮いた。それから心臓が冷えきってしまった思いを抱きながら、山本と表札の出た家の前をそっと離れた。

腹が減っていた。だが、何かを食べる気にはなれなかった。祇園祭の絶頂のときを明日に控えて街の中は雑然としていたが、勇の目には、どの人間にも心が存在していないようにつまらなく見えた。

古い家が軒をそろえる路地を歩いていても、その家の中には白粉を塗りたくった鬼か妖怪が住んでいるように思えた。

こんな街並みの古さは見せかけだ、ここの住民はカネさえ落としてくれる観光客がいればいいのだ、そして、その連中を一番バカにしているのがこいつらなのだ。

歩く内に、勇はますます腹が立ってきた。いっそのこと、このまま東京に戻ってしまおうかと考えた。

とにかく、叔父に頼まれた用件だけすまして、あとはジイさんの墓参りをして帰ろう。

西陣《にしじん》の問屋の一人娘だったという祖母も、きっといじわるな性格だったに違いない、と勇は自分が生まれたときにはすでに亡くなっていた祖母にまでやつ当たり気味に罵倒して足を速めた。

「かえで」はすでに店を開いていた。やっと十時になったばかりなのでまだ客はいないのだろうと思って硝子《ガラス》の入った格子戸を開けると、四つある四人掛けのテーブルは、老若の女性で満席になっている。二人掛け用のテーブルも隅にあって、頭の禿《は》げ上がった男が一人で座ってみつ豆を食べている。

若い娘が二人店内で働いていて、勇を見てちょっと意表をつかれたような、けげんな顔をした。

その内の細面《ほそおもて》ですずしい目をした高校生くらいの娘が、お越しやす、どうぞこちらへ、といってレジの横にある二人掛け用のテーブルを指差した。

「あの、大野さんて、いらっしゃいますか」

勇は椅子の横に佇《たたず》んだままそう訊いた。この若い娘が叔父の恋人であったわけはなく、大野というおばさんはとっくに辞めてしまったのではないかととっさに勇は思いを巡らせた。

「うちも大野ですけど……」娘は勇の顔を穴のあく程見つめた。黒い瞳に外の光が反射して川底の小石のような瑞々《みずみず》しい輝きを見せた。

「あの、おかあちゃんにご用ですか？」

「さあ、大野とだけ訊いてきたもんだから」

勇はズボンのポケットの中に入れてある千円札を握りしめた。娘は狭い調理場に半身を差し込んで何かいっている。やがて、のれんから叔父の元恋人にふさわしい、中年の女性が顔を出した。

はい、といったまま女は首を傾《かし》げている。目鼻立ちのはっきりとした意志の強そうな顔立ちで、十数年前は相当な美人だったことが想像できた。

「ぼくは小林修造《しゅうぞう》の甥《おい》で小林勇という者です。叔父から大野さんの娘さんに渡してくれとこれを頼まれました」

ポケットから千円札を取り出して女の前に差し出した。こばやししゅうぞうさん、と呟いて目の前に突き出された皺くちゃの千円札をぼんやり眺めている。

覚えていないな、当然だ。

そう素早く結論を下すと、どうぞ、と勇はいって女の手の中に千円札を突っ込んだ。女の顔に米粒の中に交った小石を噛《か》んだときのような不快な色が走った。

三人の客がそのときよろよろといった感じで席を立ち、同時に二人の客が戸を開けて入ってきた。店の中に小さなざわめきが起き、その機を逃さずに勇は、失礼します、といって頭を下げ、スポーツバッグを戸にボコンとぶつけて通りに出た。

外は観光客で溢《あふ》れ返っている。京都弁を喋る女もいれば大阪弁らしいのもいる。白人の外国人もいて、彼等は頭一つ大きく日本人の上に突き出ている。

勇は四条大橋に向かって人混みに押されるままに歩いた。一体何だこの人の多さは、と腹を立てていた。山本ミドリに対する不快さが、京に来ている観光客にまで向けられてしまっていた。

カタコト、と下駄《げた》のはねる音がすぐ背後で響いた。暑い大気の中から、人の吐息が風船ガムのように脹らんで出てきて、勇の首を舐《な》めた。

「なあ、ちょっと待ってえな」

勇は足を止めて自分の前に回り込んできた娘を見つめた。頰が汗ばんで桃色に上気している。白い歯が甘えん坊にありがちなおちょぼ口から覗いている。

二人が立ち止まったため、通りを行く人の流れが悪くなった。姓が同じなのだから、先程の女の娘なのだろう。母親に比べると二回り身体が細くて動きが軽やかだ。それでいて、あたたかい人なつっこさを感じさせる。

「うちのおかあちゃんが戻ってきてくれへんか、いうてるんねんわ」

娘が数センチ下から勇をくすぐったそうな眼《まな》ざしで見つめた。口元を手で押さえたのは、汗を気にしたためなのだろう。勇は暑気あたりになったような、奇妙にだるくて快い陶酔感に包まれて娘の言葉を聞いていた。

「なあ、うちと一緒にもういっかいお店にきてくれへんか」

返事をしようとしたとき、八坂神社に向かって歩いてきた男の集団の内の一人が、娘の背中に突き当たった。娘は、あっと叫んでよろめいた。娘のおでこが勇の鼻を打ち娘の両手が勇の胸を突いた。

かんにんやで、という声を残して男の集団が行き過ぎたあとでも、勇は娘から受けた衝撃にじっと耐えながら、今自分がどこにいるのか、何をしようとしていたのかを思い出そうとしていた。

「うちおでこ打ったわあ、いたいわあ」

娘はそういって勇の手を引いた。回れ右をさせられた勇は、今度は気持ちよく人の流れに乗って店まで戻ることができた。

「小林修造さんといわれましたなあ？」

戻ってきた勇を見るなり、女は調理場に勇の身体を押し込んでそう口を開いた。

「そんお方は、いぜんは内野《うちの》はんといわれまへんどしたか？」

そういわれて勇はあっと呻《うめ》いた。叔父が小林姓を名乗りだしたのは養家をとび出して上京してきたつい数年前からのことで、それまでは確かに内野といっていたのだ。すると叔父は、結婚して姓が変わったのではなく、それ以前から内野姓を名乗っていたことになる。

そうです、と答えた勇に対して、女は、すんまへん、ちょっとそこで待っておくれやす、と調理場の隅にある丸い木椅子を指差した。まだ鼻に痛みの残っていた勇は、とにかく座れることに安心していわれるままに畳二枚程度の調理場の隅に身を置いた。

ところが、店はますます混雑してくる。みたらしだんごと渋茶だけの客なら簡単だが、クリームあんみつだの、しるこだのと注文が入り、昼近くになると、うどんとトコロテンやおこわがセットになったものがどんどん出ていく。それを大野という女が一人で作っていく。

たまに店にいる娘が盛りつけを手伝いにくるが、やれ茶だ、やれ会計だと客がうるさく、こんなに狭い店でも店員二人ではてんてこ舞いの様相なのだ。

たまらずに勇は立ち上がり、流しにたまっている皿や器を洗いだした。以前に、米軍基地近くのバーでバーテンダーのアルバイトをしたことがあるのでお手のものだった。

あらあ、そんなことせエへんでも、といっていた大野さんも勇がてきぱきと洗った皿をきれいに拭いて所定の場所に納めるのを見て、すんません、とひと言いって勇の労働をあてにしだした。

十二時になって六十近い女が手伝いにきたが、洗いものはいぜん勇の担当で、それがどうにか一段落ついたときには二時を過ぎていた。

腹が減って目が回りそうだった。その通りのことを大野さんに伝えると、彼女はぺこぺこあやまりながらうどんを作ってくれた。いい人だなと思いながら、勇はいつの間にか自分がこの店の従業員になってしまったような錯覚に陥っていた。

娘が入ってきて用意してあった大阪寿司を食べだした。店が終わったら、うんとおいしいものを食べに行きましょうといっている。誰に向かっていっているのか分からないまま、勇はうんうんと頷いていた。仕事を手伝っている内に、娘の名前が梓《あずさ》であることも分かってきた。

五時半になって大野さんはいきなりのれんを下げた。東京ではこれからが本番だ。そのことを伝えると、大野さんはまるく顔を笑わせ、もうなあーんも残ってまへんのや、といってから、これ、ほんのお礼、といって祝儀袋を差し出した。お金が入っていると察知した勇は、必死に辞退した。押し問答を見ていた梓は、ええやないの、もらっときいな、とあっさりいって祝儀袋を勇のポケットに捩《ね》じ込んだ。

「おかあちゃん、岩下《いわした》さんと一緒やろ」

梓は言葉をほうり投げる調子でいった。ほうきを手にしていた大野さんは、一瞬だけ勇に視線をやり、肩が落ちる程に狼狽《ろうばい》をした。

「ほなら、うち、この人と食事をしてるわ」

狼狽が困惑に変わると、大野さんはためらいがちに勇に向かって口を開いた。

「ちゃんとお礼もいうとりまへんのに、すんまへん。あのう、今夜はどちらにお泊りですやろ？」

ここに来て以来、大野さんは叔父の現在の生活のことを何にも訊いてこない。口をきいている暇もなかったのも事実なんだが、お元気ですか、くらいは訊いてきてもよいはずだった。

「決めてないんですが、ユースホステルにでも泊ろうと思っています。東山に一つありましたから」

「ユースホステルいうたら……」

大野さんは心細気な様子で勇と娘とを交互に見た。それはあかんわ、と梓がいった。

「今夜は宵山やもん。一年中で一番忙しい日や、予約せなんだらどこも泊れっこないわ」

元気よくいってから母親を少し毒のある目で梓は見つめた。

「うち、叔母ちゃんに頼んでみるわ。どうせうちも今夜は叔母ちゃんとこ泊ろう思ったしい、おかあちゃんもその方がええんやろ？」

梓は母親の返事を待たずに、店の奥にいって電話をかけだした。叔母さんというのは誰だろう、この人の妹なのだろうか、そんな人のところへ、見知らぬ自分が行って泊めてくれるものなのだろうか。

大野の娘のさっぱりとしたはしゃぎ方は、どこか粘着質な感じがした山本ミドリと違って、東京の下町の娘が京都弁を喋っているようなきっぷのよさを感じさせた。

「どないしてはるのやろうて思うてましたんや」

大野さんが勇の方に顔を向けてそっと呟いた。見返すと、彼女の視線は床に向けられている。なんだか元気がない。

「二年程前にひょっこり現われましてなあ……」

叔父のことをいっているのだと知って勇は身体を緊張させた。

「東京に住んでるっていうてはりましたけどすぐに帰りなはって、それからはなんも……」

「オーケーやて」梓が二人の間に割り込んできて指で丸印を作った。「叔母ちゃんも今日は忙しくて遅くなりそうやし、用心棒がわりに丁度ええていうてはるわ」

梓は勇の肘を摑《つか》んで自分の方に引き寄せるようにした。

「ほな先に叔母ちゃんとこ行こ。荷物もあるし、うちかてはよう汗流したいんやわ」

梓は戸を開け、勇を先に押し出すと母を置いて店を出てきた。母親の方では勇のことを昔つき合っていた人の甥だと分かっているが、その娘の方からみると勇は単なる旅行者でしかない。そんな男を簡単に信頼して泊めてしまうという娘とその叔母は、かなりの変人ではないのかと勇はいぶかしんだ。

二人は市営バスに乗った。手すりにつかまると、梓が思い出したように訊いてきた。

「あんた、名前何ていうのん？」

あきれながら勇は答えた。梓はふんと鼻の先でいって、バスを降りるまで口を閉ざしていた。

知恩院前《ちおんいんまえ》というバス停で降り、勇は梓のあとについて路地に入り水の流れる堀にかかった小さな橋を渡った。

「本当に泊めてくれるんですか」

「なんでや？」

「だって今日初めて会ったばかりだし、おれ人相も悪いし」

梓は身をよじって笑いだした。髪につけられた黄色のリボンが揺れた。

「あんなに一生懸命働いてくれたんやないの。そんな人に、悪い人はおらんわ」

「君は高校生？」

いきなり話の方向を変えて勇は訊いた。梓は頷き、一回生やと答えた。

「おれは二年生だ」

「へえ、老けて見えはるなあ。浪人生かと思うたわ」

大学生ならいざしらず、浪人生はないだろうと勇は気を悪くした。梓は無頓着に、「ねえ、おかあちゃん、あんたにいくら払うた？」と訊いてくる。勇は御祝儀袋をそのまま梓に突き出した。中を覗いた梓は、へえ、千円、フンパツしたなあ、と驚きの声をあげている。それでいて顔は甘納豆のような笑みを見せている。

郵便局で春にバイトをしたときは、一日働いて六百八十円だった。千円は確かにいい報酬だが、結局カネの出所は叔父なのではないかと思い直した。だが、梓にそれを確認する勇気はない。

「今日は助かったわ。頼んだ人が急にこれんようになってしもて、これも神さまのおひき合わせやわ」

梓は身をくるりと一回転させて勇を睨んだ。額の小粒の汗が光った。

「それにしてもあんた、お皿洗うのうまいなあ。その道で生きていけるんのとちゃう」

「生きていけるわけないだろ」

勇は憮然《ぶぜん》として答えた。梓はころころ笑った。

人が二人、並んでやっと通れるくらいの細い路地を抜けて右折した。すると不意に広い道に出た。一軒の落ちついた造りの家の戸を梓はガラリと開けて、こんにちはー、と中に向かって歌うように声をかけた。それから勇を手招きした。

玄関を覗き込んだ勇は、目が中の暗さに慣れるのを待って睫毛《まつげ》をしばたたくと、すぐ前に薄桃色の和服を着た芸妓《げいこ》が立っているのでびっくりした。

「わあええ男やなあ。梓ちゃんの好みやわあ」

芸妓は勇の顔の上にぴたりと視線を据えて声を弾ませた。勇は眉間をピストルで撃ち抜かれた程の衝撃をうけた。面と向かってそんなことをいわれたのは初めてだった。

なにいうてんの、麦茶もらうで、と先に上がり込んで梓はいっている。芸妓は勇に上がるようにすすめて、自分は勇の重いスポーツバッグを持って先に立った。あ、持ちますからと勇は前のめりになってバッグに手を伸ばした。芸妓はすべるように歩いて、食堂を抜けて左右に二つある和室の左側の部屋に入って勇のバッグを下ろした。通り過ぎた台所では、梓がうまそうに麦茶を飲んでいた。

「狭いとこやけど、かんにんしてや」

芸妓はそういって障子を開いた。まだ明るい陽差《ひざ》しの中に庭木が浮き上がっている。遠くに紫色に煙った山がある。途中に、どこかの寺の山門が見えている。かすみのかかった大気がゆったりと森の上を漂っている。

勇は急に京都にいる重さを感じた。

「本当に泊めてもらっていいんですか」

さっき梓にいったことをもう一度口にした。芸妓はすでに化粧のすませた白い顔を勇に向けて首を傾げた。

「冗談かと思ってました。ここに来たら門前払いを食わされるんだと……」

「なんでどすの？」

黒く大きな潤いのある瞳がくるくると回転して勇を射してくる。見つめられて全身が蒸気の風呂につかったように熱くなった。赤い紅をひいた唇が、それ自体生きているように少し光ってうごめいている。

「じつは、今朝、ある女の子のところを訪ねたんです」

勇はためらったあとで、四畳半の和室に突っ立ったまま、今朝、山本ミドリの家で体験したことを話した。途中から麦茶を飲み終わった梓も入ってきて勇の話を聞いていた。笑い出したのは、梓の方だった。

「そりゃムチャや。約束もしてへんのに、いきなり東京から男の人に訪ねてこられたら居留守使いたくなるわあ、ねえ叔母ちゃん」

梓に相槌を求められた芸妓も、そうどすなあ、といって微笑《ほほえ》んでいる。

「だって、京都に来たら案内すると手紙に書いてあったんだ」

「そんなこというたかて、受け容《い》れる方では色々と準備があるんやわ。そんなん常識や。そやから東京の男はがさつで礼儀知らずやていわれるんやわ」

やっぱり自分は礼儀知らずなのか。では、この二人に対しても礼を失していることになるのだな、と勇は腕組みをして考えた。

「まあ、そんなこわい顔してはらんと、冷たいものでも召し上がりなはれ。その子から、その内申し訳ないことしたいうて、お詫《わ》びのお手紙が届きますよって」

芸妓の手が汗くさい勇の腕に触れた。それは一瞬のことで、彼女は食堂に入っていき、グラスを手にした。その指の先から透明な糸が伸びて勇を引っぱっているような錯覚にとらわれて、知らずに勇の身体が動いた。お盆に麦茶の入ったグラスを差し出されると、恐縮してそれを手にした。芸妓から漂ってくる芳香が、この世で作られたものではないようにすら感じられた。

「祇園の芸者さんなのですか」

柔らかい息づかいで佇んでいる芸妓に向かって、麦茶を一息に飲み干して勇は訊いた。

「ええ。豆《まめ》つるどす。よろしう」

豆つる、と口の中で呟き、目の前にいる京人形のように端整な顔立ちの芸妓を凝視した。彼女の眼尻が崩れ、頬に薄い血の気が滲《にじ》み上がった。

「そんなにじっと睨まれたら、恥ずかしうおすわ」

豆つるの肩が揺れた。そこから白い花弁が落ちたように勇には見えた。

「なんだか名前が合っていないみたいで……豆つるって聞くと、ちんちくりんの女みたいだけど、実際の豆つるさんはとてもきれいだし……」

「いややわ、このお人は」豆つるは身体を斜めにして勇の前を離れた。「どこでそんな殺し文句を習いはりやったんやろ」

敷居から足を下ろして豆つるは梓の名を呼んだ。気がつくと彼女の姿は消えている。あら、といって豆つるはくすくすと笑った。どこからか水音が聞こえてくる。いつの間にか風呂に入ってしまったのだろう。

「梓ちゃんはええ子やし、よろしうしておくれやす」

豆つるはそういって頭を下げて出ていった。車の音がした。いつの間にか迎えの車が来ていたのだ。

勇は和室に戻って暮れていく空を眺めた。庭木と山の間を黒い鳥が飛んでいく。それを見ながら、シャワーを浴びたあとの梓と、どのような態度で接したらよいのだろうと不安に思った。どこからか、コンチキチ、という祇園囃子《ぎおんばやし》の音が流れてくる。勇はまた自分がどこにいるのか分からなくなった。

足元の網戸を通して風が入ってくる。それはすずしいものではなく、ねっとりとからみついてくるような熱を帯びている。

足を畳の上にほうり出しながら、勇は何度か目が覚めかけた。だが、目を開いては再び眠るのが苦痛になる、という意識がどこかで働いていて、覚めようと頭をもたげてくるものを強引に闇の彼方《かなた》に連れ去っていく。

そんな綱引きめいたことを何度かくり返していて、とうとう勇は起きてしまった。月明りが足元に射し込んでいる。時計を見ると午前二時を過ぎている。

祇園のある方から微《かす》かに騒音が伝わってくるようだが、笛、鉦《かね》の囃子の音は跡絶えている。

しばらくの間、勇は青白い影のようなものが射している天井を見上げて、はだけた胸に浮いた汗を掌《てのひら》で拭いながら、はあはあと荒い息を吐いていた。

勇の寝ている丁度真上の部屋には梓が眠っているはずだった。二人で食事をしたあと、御神燈提灯《ごしんとうちょうちん》を浴衣を着た街の人々に交って眺めたのだが、人なつこく、明るい子だとばかり思っていた梓の中に、思いもよらぬ氷のような孤独の影が存在しているのを感じたとき、これまで知り得なかった女の子の新しいタイプを発見したようで少なからず驚いた。これまで、勇は女の子は、いつでも自分の好きな男の子に気に入られようと、策略ばかり練っている閑《ひま》な連中だと思い込んでいたのだ。

梓の反応は、父親の職業を訊いたとき、強い電流に当てられた程、敏感に表われた。

「おとうちゃんなんか、おらへん」

小石を吐き出すようにして梓はいった。その強い語調に戸惑いながら、勇は無神経な質問を重ねた。

「死んだの？　別れたの？」

それは両親が離婚したためなのか、というつもりで聞いたのだが、梓の答えはさらにぶっきら棒になって返ってきた。

「生まれたときから、おらへん」

梓はすました顔で提灯に目をやった。勇は少し感傷的になっていた。たぶん、自分と姉と母を置いて、何ヶ月も旅から戻ってこなかった父を、怨《うら》みに思うことなくずっと待っていた少年の頃を思い出したからだった。

「まさか、おれの叔父さんの子だなんてことはないよなあ」

勇はことさらぞんざいに明るい声を放っていった。梓は浴衣から伸びた首を半回転させ、うちわで勇の頭を叩いた。頬が丸くなったと見えたので笑っているのかと思ったのだが、梓は奥歯を嚙みしめていただけだった。

「うちは、男なしで生きていくんや」

気まずい思いで四条通を上りだすと、梓は気を取り直したのか、不思議に清々《せいせい》とした顔でいった。

「おとうちゃんも彼氏もいらん。一人で生きていくんや」

うんうん、と勇は頷いた。梓が勇の方をじっと見つめていたが、それでも見返すことができずに、うんうん、と頷いていたのだ。

喉が渇いた。

梓と交した会話が、夜の湿った熱気の中に、溶け込んでしまったように感じられた。

完全に目が覚めてしまったと思いながら、しばらく青い天井を眺めていて、勇は思いきり薄い掛け蒲団を投げ捨て、立ち上がった。明日は早く起きて祖父母の墓参りに行くことになっている。明日も昼前から、「かえで」の店を手伝うように頼まれたのだ。

冷蔵庫を開けようとして、伸ばした手を空中で止めた。シューッ、という空気を裂く音が聞こえてくる。胸の襞《ひだ》に手術用のメスをあてられたような、不安な感じに襲われた。勇は勇気をふるい起こして身体を回した。それから足音を忍ばせて玄関横の小部屋から洩れてくる光のあとを追った。

襖は十センチ程開いていた。薄い桃色の長襦袢《ながじゆばん》を着た豆つるが、背中を向けて座っていた。

両手が動いているのでさらによく見るつもりで襖に近づいた。鋏《はさみ》が光った。それが着物の端にあてられると、豆つるの右腕が勢いよく伸び上がった。着物は小気味よい音をたててたち切られる。再び豆つるの右手に握られた鋏が光る。二つに切られた布地が空間に舞い、ゆらゆらと落ちてくる。

勇は息を殺して見つめていた。物音をたてたわけではなかった。豆つるが不意に頭を回してこちらを睨んだ。汗の浮いた額が白く光って、ところどころがひび割れたようにまだらになっていた。まっ赤に充血した目が今にも飛び散ってくるようだった。

勇は襖を開いた。両足を踏んばり、逃げるな、と自らに叱咤《しつた》した。

「だいじょうぶですか」

落ちついていったつもりだったが声が掠れた。

豆つるは勇から目を放さず、背中を向けたままの体勢で立ち上がった。右手に持った鋏が一閃《いっせん》すると、細い胸が勇の方を向いた。

襟口からまっ白い豊かな乳房がのぞいて静かに揺らいだ。

四歩、豆つるの小ぶりの足が畳を踏んだ。勇のところまで、まだ一メートル以上の空間があった。そのとき豆つるの右目が閉じられるようにして痙攣《けいれん》した。唇の右端が釣り上がり犬歯が剝き出しになった。鋏を持った右手が振り上げられたとき、勇はひるまずに半歩踏み込んだ。その刹那《せつな》、豆つるの身体が宙を舞って躍り込んできた。

「つ……」

勇の左肩に激痛が走った。豆つるの歯が勇の肩の筋肉に食い込んでいた。鋏を持った右手は勇の左腕を上から押さえ込んでいた。

「かんにんや、かんにんやで……」

勇の肩から口を離したあとで、豆つるはそっと呟いた。

勇は痛みでくらくらする頭を前に戻し、まだ自分の身体を細くて強い筋力で縛りつけている豆つるの、水気の多い顔を見つめた。

「運の悪い子やなあ、ほんま、こがいな目におうてしもうて……」

豆つるの目に涙をのせた微笑みが浮いたと見えたとき、勇の左腕に再び激痛が走った。豆つるが顔を横に倒して勇の二ノ腕に食らいついていた。

勇が線香をたてている間、梓は墓石の周りに生えている雑草を抜いてくれた。

「勇さんのおばあちゃん、ほんまに喜んどるわあ。いたずら坊主がやっとお参りに来てくれたいうてなあ」

梓は勇と並んで両手を合わせてくれた。勇は自分の馬になってくれた祖父に向かって語りかけた。

——おじいちゃん、来たよ。

これまで特に自分が信心深いと思ったことはなかった。だが、何故《なぜ》だかその呼びかけだけは彼岸にいる祖父の耳に届くような気がした。

「京都にお墓があるんやもん、勇くんが東京の人やて思えんようになったわ」

墓参りを終えて、御池通《おいけどおり》まで出るとすでに強い陽差しが射してきた。勇は左肩と左の二ノ腕をそっとさすり、シャツから歯型がはみ出して見えないように気を配りながら、あのとき豆つるの前にいたのがもし、自分のような高校生ではなく、叔父みたいな大人であったら、どんな目に遭い、どんなふうに対処していたことだろうかと漠然と考えていた。

「ねえ、聞いとるん？」

梓が口元の汗をハンケチで拭いながら眩《まぶ》し気に勇を見つめていた。

「なに？」

「短歌やよ、うち、短歌作ってるんや」

へえ、と勇はぼんやりした口調で答えた。朝からこんなに暑いのでは、日中はどうなるのだろうとうんざりした気分になった。

「ねえ、聞いてくれる？」

「聞いても分からないよ」

「いいから聞いてえな。『髪ながき少女《をとめ》とうまれしろ百合に　額《ぬか》は伏せつつ君をこそ思へ』どうや？　ええやろ」

「よく分からないが、恋の歌じゃないのか」

「うちが作ったんとちゃうのよ。山川登美子《やまかわとみこ》という女流歌人や」

勇は立ち止まり汗を拭った。夏の空一面に白い光が漲《みなぎ》っていた。勇は視線を梓の顔の上に置いた。梓は首をすくめ、気後れしたように唇をすぼめた。

「短歌なんかやるより、舞妓《まいこ》さんにでもなった方がいいんじゃないかな。似合うよ」

「いやや」梓はぷいと横を向き、白い目を勇に向けていった。

「なんでうちが今さら男に媚《こび》売って生きなあかんの！」

梓は山鉾《やまぼこ》見物の人だかりに向かって小走りに去っていった。勇はゆっくりと歩を進めながら、すでにぐっしょりと濡《ぬ》れたハンケチで首筋を拭いた。剣道の合宿で絞り出す汗の方が余程熱いと思っていた。

金沢、斜め雪

石引《いしびき》二丁目にある白石《しらいし》の家は、閑静な住宅街の中にあった。長塀に瓦を載せて敷地を囲んだ古風な家もあり、その家の庭からは寒さに強い樹木の葉が、塀の上まで伸びている。

冷たく湿った空気を喉の奥に吸い込んだ勇は、一瞬、自分が明治時代に迷い込んでしまったような錯覚を抱いた。

格子戸を通して覗き込んだ家の中には、向かって玄関の右側が日本家屋、左側は水色に外壁を塗った西洋館という二つの顔をした屋敷もあったからだ。

白石の家も平屋の落ちついた造りになっていた。社宅と聞いたので公団住宅のようなコンクリート造りの家を想像していた勇は、門の前で少し気後れした気分で佇んでいた。

白石哲也《てつや》が父の転勤にともなって、東京の高校から金沢《かなざわ》の県立高校に編入試験を受けて転校してから半年近くになる。誘われるままに来てしまった勇だが、白石の家人に会う前に、静かな家並みの面接試験に落ちてしまったような当惑を抱いた。

右手にボストンバッグを持ち、剣道具の入った防具入れに竹刀を通して左肩に載せて、「白石」と書かれたまだ新しい表札を眺めていた。

棘《とげ》のある冷たい風が頰を刺した。

黒ずんだ重い雲が頭上を覆い、天動説を認識させるかのように空全体がゆったりと南西の方角に動いていく。

顔を下に戻した勇は、ボストンバッグを持ったまま右手を伸ばし、人差指を格子戸に引っかけて、勢いよく右に引いた。

庭には雪吊り《ゆきづ》の縄がきれいにかけられた木が、何本か植わっている。尖った葉には痛ましいまでの生命力が感じられる。

玄関の呼び鈴を押すと、廊下を小走りにやってくる足音がして、サンダルを踏む音が響いた。曇り硝子の向こうに黄色い影が映った。どなた？　と訊く。

「東京から来ました小林勇といいます。白石君の同級生だった者です」

いきなり硝子戸が開かれた。大きな目がびっくりしたように見つめている。勇はちょっと息を詰めた。それからまだ中学生らしい女の子に向かって頭を下げた。女の子は何もいわずに勇を見上げている。見開かれていた目が狭められ、挑戦的な目付きに変わった。勇の方では、居心地の悪さを感じながら、白石の妹だな、と思って少女を眺めている。二十日鼠《はつかねずみ》のような可憐《かれん》さがある、とも思っている。

奥から別の足音がして、暗い廊下から沈んだ顔をした女が現われた。はい？といってたたきに下りずに娘の後ろから透かし見るように勇を見ている。

勇は閉ざされた硝子戸に向かっていった言葉をもう一度口にした。一年くらい前に一度見たきりの白石の母だったが、光量が乏しいせいもあるのだろう、随分老けてしまった印象がある。

「哲也は学校ですが……」

そういって御用聞きを追い返すような顔付きをした。

「今日も学校はあるのですか？」

「ええ……土曜日ですから……」

勇の高校は期末試験が終わって休みに入っていたのだが、こちらでは日程が違うらしい。少女は視線を勇の顔にぴたりと当てたままでいる。では、この子は何をしているのだろうと思いながら、勇は近くに泊るところはないかと尋ねた。

「犀川《さいがわ》まで出ればあると思いますけど……」

ここに泊っていけ、という言葉を期待していたわけではないのだが、その返答を聞くとなんとなく落胆するものがあった。毎週末、調布の郵便局でアルバイトをしているが、旅費は潤沢というわけではなかった。

勇は防具入れとボストンバッグを提げて、白石の家を出た。格子戸を閉めるとき、少女と視線がぶつかった。尖った硝子の破片の反射を受けたような気がした。

路地を抜けると角に神社のある道に出た。その前で落ち葉を掃いていた老婆に犀川まで出る道を訊いた。あまり耳慣れない訛《なまり》の返答を受けたが、どうやら一本道らしいと適当に判断して歩いていくと数分で川に出た。

幅員が五メートル程の橋がかかっていて上菊橋《かみきくばし》と書かれている。広い光景の中で竹藪《たけやぶ》が揺れ、川面《かわも》が波を立て、冷たい風が躍っている。高いところを二羽のトンビが舞っている。勇は橋を渡らず、川に沿って右に曲がった。

数十メートルもいかない内に民宿と看板の出た家が見つかった。案内を見ていると、先程見た白石の母と同年配の女が現われた。ただ、こちらの方が笑みが豊富で口調がなめらかだった。すぐに一泊二食付七百五十円の交渉がまとまり、勇は、夜行の汽車で金沢到着以来かついでいた、剣道具の入った防具入れをやっと下ろすことができた。

「えっ？　それを東京からかついできたのか？」

白石は目を丸くして勇と防具入れを見比べた。朝会った少女とそっくりな大きな目をしていた。

「ああ。借りたやつじゃしっくりこないと思ってな」

「だけど、そんなもの持ってきてどうするつもりなんだ？」

「どうするって、こっちの連中と試合をするためさ。古武道も盛んだし竹刀を持ってやってこいと、おまえはいっていたじゃないか」

「おれ、そんなことといったか？」

「いったさ、だからおれはここにいるんじゃないか」

勇の言葉に白石はさらに目を大きくした。勇も負けずに目を剝いた。

二人は県立泉ケ丘《いずみがおか》高校の校門を入った先にある、古い校舎の昇降口に佇んで見つめ合っている。先に視線を落としたのは白石の方だった。少し伸びはじめたおはぎのような坊主頭を振っている。

「そういうつもりでいったんじゃないんだ。ただ、こっちの様子を知らせるつもりでいっただけなんだ」

「ここの剣道部と試合ができないというのか」

憤然として勇は語気を強めた。答えるかわりに白石は弱々しく頭を振って白眼の多い目を上げた。

「今夜はうちに泊っていけよ」

「いや、もう民宿を借りた。な、どうなんだよ、おまえのいっていた心極《しんごく》流だの無外《むがい》流だのという古武術の見学もどうなるんだよ」

自分の唇があからさまに尖っているのを感じながら勇は小粒の唾をとばした。これまでに使った費用が頭の中で渦を巻いた。

白石君、と呼ぶ声がして二人は同時に横を向いた。髪の短い強い目をした女生徒が白石をまっすぐに見つめていた。とたんに白石の青白い頬が痙攣気味に上気した。

「朝稽古、どうしてこんけんて」

「すみません」

弁解をせずに白石はいきなり頭を下げた。

「これからどんどん寒くなれんよ。これくらいで音をあげてると寒稽古のときにはついていけなくなれんし」

「すみません」

白石は頭を下げたままあやまった。頬はいっそう赤くなっている。女生徒は勇に目を向けた。形のよい濃い眉毛の下にある瞳は、はるかな奥行きを感じさせて、冷え冷えと輝いている。

直視されて勇は軽く頭を下げた。女生徒の睫毛は凍りついたように動かない。

「うちの生徒じゃないわね」

女教師のような口調でいう。それが不思議に似合っている。違います、と答えてから勇は白石がなにがしかの解説を加えてくれるのを待った。だが、白石は小便をこらえる幼児のようにもじもじとしている。仕方なく勇は自分は東京から来た者で、かつて白石が在籍していた高校の剣道部の主将をしており、北陸全域に轟《とどろ》いたこちらの剣道部の方と是非手合わせをしたい、と最後は切り口上でいってしまっていた。

女生徒は黙って勇を見つめ返した。氷原のような目の白い部分に桃色の点が浮き上がり、黒い瞳の中に吸い込まれていく。

不思議な灯りだ、と思いながら勇は陶酔感を抱いて女生徒の目に見入っていた。ふいに彼女の瞳が海草のような揺れをみせた。

「きかんねえ」

呟くようにいって視線を庭に向けた。暖風にあてられたようなおだやかな色が女生徒の目のふちに滲んでいた。

「まるで武者修行やね」

「そのつもりで来たんです」

女生徒の目に憂いが浮かんだ。なぜだか勇は胸に痛みを感じた。

「試合は部長の許可がないとできないけど、見学だけならいいんじゃない。白石君、あとで案内してあげなさい」

そういうと、女生徒は勇に横顔を向けたまま立ち去っていった。見学か、と勇はがっかりした声でいった。そうして、制服のスカートの裾を膝で蹴り上げるようにして歩いていく女生徒の後ろ姿をぼんやりと見送った。

「三年生で練習に出てくるのはあの人だけなんだ。男はみんな受験勉強の最中さ」

「ここは優秀なのか？」

「県立では一番さ。東大だって、毎年十人以上入るんだぜ」

「よく編入できたな」

得意気に鼻をうごめかした白石は、勇の言葉に誇りを傷つけられたように唇を突き出した。勇はまだ背の高い女生徒の後ろ姿を見ていた。

「あの人、いい顔しているな。グラマーだしな」

「グラマー!?」

白石は素っ頓狂な声をあげた。

「グラマーだなんて、おまえ一体何考えてんだよ」

「胸も大きいし、足も長い」

白石は顔面を紅潮させて身体を斜めに向けて勇を見つめた。

「おまえ、ばっかじゃねえの。あんなおっかない人いないぜ。そんなことといったら殺されるぞ。先輩だって福井《ふくい》さんにヘンなことといったら叱られるんだからよ」

「福井たあ、誰だ」

「今の人だよ。なぎなただって全日本レベルなんだぜ」

「そうか。でも、いじらしい人だよ、あの人は」

どこかの教室に入ってしまって、すでに見えなくなった女生徒の影を追うように、勇は遠くの廊下に目を向けていた。その間、白石はぽかんと口を開けて、半年ぶりで会う友人の変わりようを眺めていた。

昼食後すぐに始められたせいか、体育館での剣道部の稽古は、どこか動きが緩慢だった。勇は下座に稽古着をつけて控えていた。指名されたら竹刀を交えるつもりで防具を前に置いているのだが、なかなか声がかからない。

副主将の西山《にしやま》という人に稽古の前に挨拶をしておいたが、相手のそっけない態度がそのまま他の部員に伝染してしまったようで、勇は味気ない気分で座っていた。

福井という三年生の女生徒は、四人いる女子部員を相手に稽古をつけている。太刀筋に切れがあり、踏み込みも速く鋭い。二十人ばかりいる男子部員の中に置いても、その剣さばきは光っている。

稽古が始められて二十分程たつと、新たに体育館に入ってきた者がいて、それを合図に部員は稽古を中断し整列をして挨拶をした。

遅れてきた学生は肩幅が広く、頑丈そうな顔をした男で、年末に行なわれる県の剣道大会の打ち合わせにいってきたと説明しだした。話の内容で、彼が主将だと分かった。勇は稽古が再開されるとすかさず彼のところに行って見学者としての挨拶を行なった。

笑顔で迎えてくれた大林《おおばやし》という主将は、勇の心意気を見事にくんでくれて、稽古に参加するように勧めてくれた。勇は大喜びで相稽古をしだした。

古い体育館に部員の声が響き渡った。勇は続けて五人の相手をしてから面をはずして汗を拭った。二番目に竹刀を交えた二年生が隣で同じように手拭いを使いながら、強いですね、とほとほとあきれた面持ちでいった。相稽古は正式な試合と違い、どちらが一本取ったというような主張をしないし審判をする者もいない。お互い勝手に打ち合っている。それでも、段の違いは明らかになる。

「五本に一本しか取れなかった。何段ですか？」

「二段です」

正直に勇は答えた。三段の昇段審査は翌年の五月に予定されている。相手は勇の答えを聞いて、やっぱりなあと無邪気に感心している。人の好さそうな彼の横顔を見て、たとえ五本に一本でも相手に技を取らせてあげてよかったと思い直した。相手の竹刀を自分の防具に触れさせずに稽古を終えることもできたのだが、試合ではないし、それでは礼を失することになると考えたからだ。

体育館の天井には剝き出しの鉄骨のハリが横に渡されている。見上げていると主将の大林がやってきて、老朽化しているでしょう、とごつい顔には不釣合な小さな目を細めて笑った。

「うちの高校のやつもこんな感じです」

「でも校舎がちょっこしちごうやろ。ここのは物置みたいで、いかにも田舎の学校という感じじゃやしね」

校舎は古い鉄筋建てだったが、周囲が畑に囲まれているので勇はひどく牧歌的なものを感じていた。香林坊《こうりんぼう》からバスに乗って街の中を通ってきたのだが、川を渡って数分すると住宅と冬枯れの畑が交互に現われてきたので、勇の胸にやっと地方の都市に来たのだという実感が湧いてきた。それは妙に懐かしく、あたたかい感じを誘った思いだった。

「でも、何年か後には四階建ての校舎を建てるっていっとるけど」

「そんなに必要なんですか？」

「さあ、わしらがピークだと思うんやけど……」

それから大林は勇を促して体育館の中央に進み出た。部員の多くが竹刀をとめて二人の相稽古を眺めだした。

大林の剣はけれん味のない素直な太刀筋で、相手がかわることなど少しも疑うことのないように、まっすぐに打ち込んでくる。鍔《つば》迫《ぜ》り合いになっても押し込むようなことをせず、勇が体をかわすと、やっと自分のやることに気付いたように、後ろに下がって面を打ち出してきた。勇は注意深く、三本に一本は相手に与えるようにした。

稽古を終え、体育館の外にある洗い場で足を洗う頃には、勇はすっかり泉ヶ丘高校の剣道部員の一員になったように打ち解けていた。勇と稽古をした者たちは口々に、勇の剣筋の強さと足さばきの巧みさを誉《ほ》めそやした。

「三メートル向こうにおると思ったら、まばたきする間に前に来とれんし、まいったぞやー。本当にわしと同じ二段なんかいや」

大林がおどけた調子でいうと、勢いを得た白石が、まだ不慣れな金沢弁を交えて勇の正体を明かしてしまった。

「そりゃそうや。だって小林はこの間の浜松《はままつ》のインターハイで都代表で出場して準決勝までいったんやし、強いのは当たり前やって」

部員の動きがそのひと言で時の中で停止したようになった。勇はみなの気持ちに砂を溶かしたような不快なものが混じるのを恐れて、あわてて古武道の話題を持ち出した。是非一度習ってみたいと口にした。その試みは成功したようだった。気持ちのなごんだ部員の一人の口から、鎖鎌《くさりがま》はどうだ、という言葉が発せられたからである。

背中に浮いた冷汗を手拭いでしごきながら、勇は白石を睨みつけ、その無邪気さを腹の中で呪った。

海の方から吹きつけてくる風に、氷の粒が混っている。夕暮れの畑にはところどころ白いものが混っていて、数日前に降った雪が来るべき冬将軍の運んでくる大雪を今や遅しと待ち構えているのが感じられる。

勇を含んだ五人の高校生は、真横から吹きつけてくる寒風に臆することなく、朗らかな笑い声をたてながら大声で喋っていた。

「でもさあ、入門料と教授料を払えといわれたのにはまいらんかったけ？　さんざんえらそうなこといっとったんになあ」

「あれじゃわしらの面目丸潰れになるぞいや」

「でもよう、金沢の人間は昔からケチでスケベエだっていうからなあ」

「それはおまえんちの血統だけじゃ」

泉ヶ丘高校の剣道部員たちは、暗い空が落ちてくる中で、再び大笑いをした。鎖鎌をはじめ、十手術《じつてじゆつ》、鉄扇術《てつせんじゆつ》、長尾流《ながおりゆう》小太刀《こだち》を伝承しているという竹山《たけやま》道場に稽古のあとで押しかけて、技を見せてほしいと道場主に頼んだのである。

五十歳くらいの竹山師範は瞳を輝かせて迫る高校生を仏頂面で眺め、今日は稽古は休みだといった。道場らしきものはあったが、十畳間程の広さで、床にはガムテープがところどころ貼られていた。

普通のズボンを穿《は》き、灰色のセーターを着ている師範を、勇は居心地の悪い思いで見ていた。武道家というより、趣味の研究者という臭いがしたからである。

その勘は適中したようで、部員の一人が口にした紹介者の名前を聞いて、不承不承道場に上がることを許した師範は、まずはじめに持ち出した十手を、どうしたはずみにか床に落としてしまった。

部員の間で失笑が洩れた。師範は目を剝いて笑った者を睨みつけ、謙虚な気持ちで見学できない者は去れと一喝した。部員達は恐れいって頭を下げた。

師範は気を取り直すと、何通りかの十手術の構えをしてみせ、これで頭を殴られると頭蓋骨は割れてしまうと説明した。十手で太刀をどう防ぎ、どう攻撃するのか、とみなが興味をもって見つめたところで、本来、武術というものは門外不出のもので、弟子になる者以外には教えないものなのだ、といって十手をしまってしまった。みなはどうしてよいのか分からず、ただ顔を見合わせていた。

次に師範が取り出したのは、木造りの鎖鎌だった。木槌《きづち》のようなもので、鎌にあたる部分はそれらしい形に造ってあった。鎖のかわりに紐《ひも》が使われていて、柄の部分ではなく、鎌の根本から紐が一メートル程伸ばされていて、先端に分銅を模した丸い玉がつけられている。

師範は右手に鎌を持ち、左足を引いて腰を落とした。それから五人の高校生が見守る中で、右手を振って鎌の先についている玉を回転させた。

はあ、という溜息《ためいき》が五人の間から洩れた。高校生の頭の中にあるのは宍戸梅軒《ししどばいけん》と宮本武蔵の戦いの場面であり、それが鎌の根本から出ている短い鎖代わりの紐とどう結びつくのか、理解できないでいたのだった。

師範はそれだけの技を見せると、この流派には十二本の形があり、それは、一に小手留《こてどめ》、一に太刀結《たちむすび》、一に木葉返《このはがえ》し、と次々にいって稽古用の鎖鎌を納戸にしまいかけた。すみません、と勇がいったのはそのときだ。

「一つだけでいいですから、形を見せてもらえませんか。お願いします」

そういうなり、師範の返事をきかずに玄関まで戻り、二本入りの竹刀袋から三尺八寸の竹刀を抜いて師範の前に立った。それから、お願いします、ともう一度頭を下げた。

師範はセーターをだらしなく着たまま不快な顔で勇を見返した。下ぶくれの愛《あい》嬌《きよう》のある顔立ちが腐った切株のようになった。

もしもの用意のために、勇は素足になっていた。長袖のシャツを着ていたが、動かすことには一向に邪魔にならない。誰かが東京から来た奴なので、ぜひ、と口ぞえをしてくれた。

師範は頷き、では竹刀を構えて、ここに打ってきなさい、と自分の額に手をあて、腰を下ろして右足を前に出して構えた。

一瞬勇はためらった。形を習うのであれば、ゆっくりと振り下ろし、竹刀の先端が相手の額に到達する手前で止めなくてはならない。勇の当惑は、次の師範のひと言で決心がついた。

「さあ、思いきり打ち込んできなさい」

師範の語尾が消えると同時に床を踏む勇の足音が室内に響いた。見ていた四人の高校生は度肝を抜かれた顔で予想外の結着を眺めた。勇の竹刀で脳天を打ち抜かれた師範は、両股を開いて床に尻もちをつき、やがて石地蔵のように真横に倒れていったのだった。

「負けおしみの強いおっさんだったなあ。真剣だったらこうはいかん、いうたときには吹き出しそうになったぞいや」

「真剣だったら、自分の方が死んどったくせにな」

「あの鎖をどう使う気やったんやろ、短くてどんならんのに」

一人が勇の方に顔を向けたようだった。日はすでに落ちて、バスの停留所の近くにある街灯も光量が乏しかった。

「小林くん、もし本物の鎖鎌が相手やったらどうした？」

どのようにして立ち合うのかということを訊いているのだと理解した勇は、即座に答えた。

「真剣であれば鞘ごと抜く」

四人の目が暗く冷えきった空気の中で勇に向けられた。

「鞘に入った刀を構えるんけ？」

「そう。鎖が鞘に巻きついたら鞘を奪わせる」

「そうか、相手が勝手に鞘だけを抜いてくれるというわけか」

「それでその隙にやっつける、いうことか、あたまいいじ」

感心してその場面を頭に思い描き出した四人に、勇は極めて厳粛な顔でいった。

「と、子供の頃読んだ『赤胴鈴之助《あかどうすずのすけ》』という漫画の本に書いてあった」

勇の答えを聞いて、四人は強い風に負けない程の大声をたてて笑った。

「長尾流躰術《たいじゅつ》いうのが、今でも残っている」

市内に向かうバスに乗っているとき、一人が思い出したように言いだした。兄貴が習っていたことがあるというので、勇は詳しく聞いてみてくれと頼んだ。

「ヘンクツな爺《じい》さんらしいよ。剣道というより柔術に近いかんじやって。兄貴もすぐにやめてしもうたし」

どこかの大学で学生に教えている人もいるが、それは宗家ではないようだとも彼はいった。柔術と聞いて勇は少し興味をなくした。柔道も柔術も、基本的には身体の大きくて力のあるやつが有利だと思っていたからだ。

市内に戻り、勇は白石と共にバスを乗り換えた。そこで初めて白石は、勇のために宿泊の準備をしていなかった非礼を詫びた。

「おまえの妹は少し変だな」

無造作に言葉を放って勇は窓の外をすかして見た。バスの揺れに合わせるようにして、兼六園《けんろくえん》の黒い茂みが揺れている。目の焦点を手前に戻すと、頬を窪《くぼ》ませた白石の細い顔が窓硝子に映っていた。

「あいつは登校拒否児なんだ」

そう沈んだ声で答えてから、あそこが市民体育館だ、といって腕時計に目を落とした。

「今頃、中で福井先輩がなぎなたを練習しているな」

「練習に参加できるかな」

「だめだろ。女ばかりだから」

「見学するだけならいいだろ」

そういうなり、窓に沿って引かれている紐を引いて降車の合図を送った。白石は目を剝いた。

バスが止まると、うちで飯を食ってけよ、という白石に、結構だ、とそっけなく答えて勇は防具入れを摑んでバスを降りていった。あとは、度胸あるのみだった。

一番初めに福井の姿が目に入った。白い稽古着に濃紺の袴《はかま》をつけ、稽古用のなぎなたを振り下ろす姿は、十数名の練習生の中でひときわ目立っていた。なにより、背骨がまっすぐに伸びているのがよかった。

勇は広い体育館の半分を占領して稽古をしている女性達を、はじめの内は随分離れたところで見ていた。勇の他に男の見学者が数人いるのが分かると、今度は女性師範の教える声が明瞭に聞きとれるところまで近づき、防具をつけた稽古が開始されると、練習生の目鼻立ちがはっきりと見える位置までいって、床に座って見学しだした。

勇の存在に気付いた師範の助手が、煙たそうな表情を向けたが、見学をとがめることはしなかった。想像していたものよりレベルが高く、しかも稽古自体、悲鳴がもれる程の荒っぽいものだった。

福井の技術を評して、全国レベル、といった白石の言葉は誇張ではなかった。横面から相手の脛《すね》への切り込みの速さと、踏み込みの鋭さは、一瞬の風を思わせる程だった。見つめながら、勇は竹刀を持って構えた自分を福井の前に置き、しきりに防ぎ手を考えた。

ひととおりの稽古を終えると、福井は隅に下がって面をはずし、手拭いで顔の汗を拭った。そのとき、斜め向かいに座っていた勇に向けて、微かに会釈をしたようだった。

泉ヶ丘高校での剣道部の稽古のときには、ほとんど顔を合わせることがなかったので、勇は果たして福井が自分の顔を覚えているのかどうか自信がなかった。それでも、礼を失しては白石に申し訳ないという敬意が働き、とりあえず頭を下げた。すると、今度ははっきりと分かる礼を福井は返してきた。頬が上気して、瞳が生き生きとしている。勇は改めて、きれいな人だ、と感心して福井を眺めた。

彼女が勇に注意を払ったのはそのときだけで、そのあと、稽古の終わりまで、福井の目が勇に向けられることはなかった。

稽古が終えられると、勇は出口へそっと回って、広い体育館に点在する人々に向かって一礼をした。それからみぞれ混りの雨が降る戸外に出た。

周囲は暗く、商店の灯りさえ見られない。一番明るい光は、信号の明りくらいなもので、それさえもみぞれのためぼやけて見える。傘を買わずにきたことを反省しながら、勇は一人きりでバスの停留所に佇んだ。

昨日の今頃は、姉の見送りをうけて、調布駅の構内に入っていった頃だと思うと、今自分がここにいるのが不思議な気がした。

「あんたって、生まれてきた時代を間違えたわね」

姉が少し意地の悪い目付きをしてそういったことを思い出すと、ひとりでに笑いが洩れた。小柄だが愛嬌があってひっきりなしにボーイフレンドからデートの誘いがかかる姉にしてみれば、剣道ばかりにうつつを抜かす弟は、江戸の住民のように見えるのかもしれない。

ただ、金沢へ行くと弟から聞かされた姉が、すかさず「お父さんも何度か写生にいったことがあるのよ」といって今にも泣き出しそうな表情をしたとき、勇の胸の中を、複雑な思いが駆け巡った。

十月の初めに数ヶ月の旅から帰ってきた父親は、新たに借りたアトリエに籠って個展への制作にかかりきりになり、八点の新作絵画が完成したところで、身体を悪くして入院してしまったのである。

個展を開くためには、まだ六点の新作が必要だった。勇が旅に出る直前に、画商は父親の個展の順延を決定し、家の中は暗いムードに包まれていた。

父親の自分勝手な生き方に対して、無関心を装いながらも、批判的なものを抱いていた勇だったが、弱々しく息をして、病院のベッドに身体を横たえて未完成の絵のことばかりを呟いている父親の心の内を思うと、やりきれない気分で胸が塞がった。

夜行の汽車に乗ったとき、勇の心の中に何かしらほっとするものが宿ったのは、父親の無念に思う気持ちから、逃避できることになったせいかもしれなかった。

バスを待っている間に、手拭いを置いただけの髪は冷たいみぞれで濡れ雑巾のようにぐしょぐしょになった。

うんざりする程寒かったが、父親の置かれている状況を思うと、これも試練だと納得させて佇んでいた。そう思うと、首筋に垂れてくる氷のような雨を受けるたびに、自分の精神力が少しずつ強靱《きょうじん》になっていく錯覚すら抱けるようになった。

待っている間に二台のバスが来たが、いずれも行き先が違った。車道と舗道の境に立っていると、車が泥水をはね上げて行き過ぎるので車道から遠ざかって立っていた。

その内、体育館から出てきた人が勇の前を通過しだし、自転車をひいて歩いていた一人が立ち止まって勇の顔を窺《うかが》うようにした。

「白石君の友達の人やろ」

その教員のような物の言い方を聞いて、黒い影が誰であるかすぐに分かった。

「福井さんですか、昼間はありがとうございました」

白くぼんやりとしたものが目の前に漂っているだけなので、表情の変化は見られない。自分の名を呼ばれたことで、彼女は少し当惑したのかもしれなかった。次に口にした言葉はいくぶん相手の身体を気遣ってのものだった。

「傘もってないが？」

「もってません」

「どこまで帰るん？」

勇は民宿の名とその近くにかかっていた橋の名前をいった。すかさず福井は、年上らしい自信に溢れた口調でいった。

「そんならこんなとこで待っていてもだめやて。香林坊までいかんか？」

香林坊、と呟いて街の灯りのある方に顔を向けると、こっちや、といって福井は自転車の向きを変えて、自分から歩きだした。勇は防具を肩にかついで福井のあとを追った。肩を並べると、福井の着用しているレインコートに当たった雨のハネが、勇の頬にはね返ってきた。

「なぎなたまでやるなんて、すごいですね」

「なんもすごいことないわいね」

そっけなく答えた福井に対して、勇は気持ちを沈み込ませることなく、意気揚々と言い放った。

「いや、あの中では一番でしたよ。あの速さで脛を打たれたら、どう防いでいいか分からない。下がらずに、懐にとび込んで間合いを詰めるしかないものな」

それから夕方、鎖鎌の先生と対戦した話をした。喜んでくれると思った福井の反応は意外に冷ややかだった。

「鎖鎌やって、そんなん……」

それは遊び半分に出かけていった勇への非難というようにも感じられた。弁解するつもりではなかったが、勇は古武道への憧れが本物であることを示したくて、明日はこの地で長尾流躰術の道場を開いている人のところを訪ねて教えを乞う気だと続けていった。

「それは寺田《てらだ》道場のこと?」

福井はレインコートに隠していた顔を勇の方に向けた。呼吸が弾んだように感じられた。

そうだ、と答えた勇に対して、本当に教えてくれるといったのか、と福井はたたみかけて訊いてきた。

「明日、連絡先を聞いて、寺田というじいさんに問い合わせることになっているんです」

そんな、じいさんなんて、馬鹿にしたらいけんよ、と福井は低い声でいったあとで、もし了承されたら、自分も連れていってほしいと意外なことを口にした。

「福井さんも習いたいんですか？」

「習いたいけど習えんの。寺田先生は女はだめやっていうし」

怨みを込めた口調でいった。これ程までに武道に心を入れる女性の気持ちは、どういうところから出ているのだろうと勇は考えた。何も思い浮かばなかった。

「失恋でもしたんですか」

無造作に勇は訊いた。みぞれは弱まっていたが、身体が冷えきっていて、含みのあるやわらかい言葉に言いかえて訊くゆとりがなかったせいもある。

福井は、きっとして勇を睨み返した。街の灯りが白い眼にはね返り、魚の鱗《うろこ》がひるがえったような青味を見せた。

「なんでそんなこと訊くが」

「女が武道を好きになるなんて、どうしても信じられないからです」

「女を馬鹿にしたらこわいよ」

「馬鹿にはしていない。女と武道とは合わないと思ったんです」

「あそこが停留所」

道の角に佇んで、右手の商店の前に心細げに立っている停留所を指し示した。

「本多町《ほんだまち》経由の女子大行きに乗りまっし」

福井が腹を立てているのが分かった。勇は自分の口が無神経にすべってしまったことを後悔して頭を下げた。

そのとき「きゃっ」と小さな悲鳴を洩らして、福井が勇の右腕を強く握ってきた。福井の自転車が舗道に倒れた。「いや」と叫んで福井は勇の腕をさらに揺さぶって引いた。

勇には何が起こったのか分からなかった。ただ、身体を黒い布で覆っていた人が、いきなりそれを脱ぎすてて、ふくよかな胸を押しつけてきたような当惑を一瞬だが受けた。

「猫が……」

轢《ひ》かれている、と続けた言葉はとても細く、震えていた。

福井は勇の腕から手を離すと、背中を丸めて、水たまりのできた暗い車道に向かって、恐る恐る近づいた。

黒い猫が横たわり、その口から血を流していた。水たまりに流れ込んだ血は、薄灯りの中で泥水のように黒くなっている。大通りから一本手前の道なので車の往来が少なく、気付く人もいなかったらしい。

轢かれてそれ程時間がたっているようには見えない。その倒れている猫の腹を、別の猫がしきりに舐めている。覗き込んだ勇を見上げて、いったんは逃げかけたが、危害を与える様子がないと観《み》ると、視線を二人に向けたまま長い舌を動かして倒れた猫を舐め続けた。

「まだ、生きてる……」

腹を舐めている猫の舌の勢いがいいので、血を流している猫の四肢が引きつって動く。だが、死んでいるのは明らかだった。

「もう死んでいるよ」

勇はさらに顔を近づけていった。

「かわいそう……」

涙声でいって福井は猫の傍《そば》に座り込んだ。舐めている猫も必死で、なんとか生き返らせようとしている。同じ黒猫なので母親か兄弟なのだろう。

こいつらにも、愛情というものがあるのか。

猫をかわいいと思ったことがない勇は、小雨に打たれている二匹の猫を眺め下ろしながら、それまで感じたことのない憐憫《れんびん》の情を抱いていた。雨の冷たさが、背中にまで伝わっていた。

あっ、と福井は声をあげた。向こうからヘッドライトが近づいてきた。光を感じた猫はとっさに駐車してある車の下に逃げ込んだ。勇は車道にとび出し、横たわっている猫を防御する形で佇んだ。

車は水しぶきをあげて勇の数センチ傍を通り過ぎ、二十メートル程行き過ぎて停車した。誰かが猫が轢かれているのだ、と運転手に説明する声が聞こえた。

たぶん、勇が猫の前に佇まなければ、猫は再び轢かれてしまっていただろう。

勇は頭を下げて駐車してある車の下を覗き込んだ。ぎょっ、とした猫の目が勇を見返した。勇は防具を舗道に下ろした。それから、死んでいる猫を摑んで車の通らない舗道に引き上げた。水を吸った猫の死骸は想像していたより重く、まるで泥土を腹にたっぷりと詰め込まれた縫いぐるみを摑んだようだった。頭を下ろした猫の口から、まだ血が流れていた。

横たえると、車の下からもう一匹の猫が用心しながら近づいてきた。勇は水たまりに両手をつけて洗った。猫の毛が指の間にこびりついていた。今夜は猫の夢を見るかもしれないとそのとき思った。

洟《はな》を啜《すす》り上げる声が耳に入ってきた。舗道に身体を丸めて座り込んだ福井は、三歳の幼女のように小さかった。勇は顔を夜の空に向けた。冷たい雨が瞼《まぶた》を打った。年上の女を好きになったのは初めてのことだと思った。

階下で雨戸を開ける音が響いてきて目が覚めた。厚手のカーテンを通して、弱い光が射し込んでくる。

蒲団《ふとん》にくるまったまま、息を天井に向かって吐いた。白い息が立ち昇り、消えた。福井の泣きベソをかいた横顔が頭に浮かんだ。

起き上がり、素早く服をつけてカーテンを開いた。硝子窓の向こうは犀川である。ねじ式の錠をはずして窓を開いた。平たく整地された土手を、犬をつれた小学生の女の子が歩いている。

雨はやんでいたが、まだ灰色の雲が空を覆っている。空気はぴんと張りつめていて氷のカーテンの中に頭を入れたようだ。

勇は左に頭を向けてみた。雲の向こうから朝日が昇ってきていた。熱が弱いせいか、雪を含んだ雲は容易に光を通させない。山を覆った靄《もや》も乳色の衣をまとって動かずにいる。

勇は頭を引っ込めて窓を閉じた。階下に下りて女主人に朝の挨拶をして外にとび出した。土手を走り、橋を渡って反対側の土手を息せききって走った。河原の雑草は、寒さの中でも根を張っている。それらを引っこぬいて勝手に畑にしてネギを植えている農家もある。細い大根も頭を出している。

勇は橋の途中で立ち止まり、大きく呼吸をくり返した。

東の空に上った薄日が、川面を白く染めている。

川の突き当たりにそびえている山は、三層に重なっていた体をようやく現わしてきた。層を埋めていた朝霧が、真冬の到来を告げる不機嫌な気流に息を吹きかけられたせいである。

勇は上菊橋の欄干《らんかん》に片肘をついて、医王山《いおうぜん》から流れてくる川の流れに目を落とした。

川底に沈んでいる石が水面を波立たせている。一羽の鴨《かも》が流れに身をまかせて下ってきて、橋の影に驚いたように、重たい羽をばたつかせて飛び立った。

勇は顔を上げて、竹藪の向こうに見える建設途中の小学校の屋根を眺めた。冷気が頭上を静かに流れている。その澄んだ空気の中に涙を滲ませた福井の顔を思い浮かべて、胸騒ぎめいたものを感じていた。自分の腕を握った彼女の手の感触を思い出したせいである。

背後を軽自動車が行き過ぎた。日曜日でも働きに出る人はいるらしい。膝の屈伸を三度して、勇は朝飯の待つ民宿へ向かって勢いよく駆け出した。

福井から連絡がきて、昼過ぎに勇の泊っている民宿までやってくるという。勇は改めて、彼女を武道に向ける原動力の何たるかを考えてみた。親の願いに沿っているのかもしれないし、間違って女に生まれてきたせいかもしれない。長尾流躰術師範の寺田秀月《しゆうげつ》という人は、突然電話をかけてきた勇に対して好意を抱いたわけではない。どういう技なのか、一度教えていただきたい、と申し出た勇に彼は、今は忙しくて駄目だ、と最初は断わってきた。

今月は肝臓と腎臓を悪くしている人々に治療を与えなくてはならないので稽古は休んでいるといった。噂通り《うわさどお》り、一筋縄ではいきそうにない。

勇はあきらめたついでに、それではどこかの大学で同じ長尾流を教えている人がいるので、そちらを尋ねてみる、と伝えた。とたんに相手の態度が変わり、宗家は自分だ、宗家の教える技を覚えずに、何が武道といえるのかと電話の向こうで立腹しだした。結局、三時に来いということになって、勇は福井からの問い合わせがあるのを心待ちにしていたのだ。

昼までの二時間、勇は犀川と浅野川《あさのがわ》に挟まれた八キロ四方程の金沢の町中を、やたらに歩き回った。民宿から石引まで出て、金沢美大を通り抜けて浅野川に出た。鈴見橋《すずみばし》を渡って川に沿って下り、ひがし茶屋街《ちゃやがい》を見物して武家屋敷を見た。きつい坂を登って石川門《いしかわもん》までくるとさすがに疲れて、ぼんやりと街並みを眺めて佇んでいた。そのとき、向こうの空の下がまっ白になり、オーロラのようなものがふわっと近づいてきた。

何だろう、と思っているとあられが勇の頭に落ちてきて、身体は白い世界の中にすっぽりと包まれた。勇はひどく感動して口を開き、あられを舌に含んで味わった。

民宿に戻る頃にはあられは止《や》んでいて、宿主はふくよかな身体をなごませて勇を待っていてくれた。宿主の作ってくれたうどんを食べ終えて一息ついていると、お友達が来たと知らせがきた。勇は小躍りして起き上がった。

やってきた福井を見て、勇は二つの驚きを持った。コートの下に黒い革製のミニスカートを穿いていたことと、白石の妹を連れていたことだ。妹は昨日とは別人のように明るかった。長尾流のどこに魅《ひ》かれたんですか、と出がけに福井に尋ねた勇に対して、二人を見送るために片手をあげかけていた白石の妹は、

「長尾流を習っていた人に魅かれたのよ」

と大声でいって、白い福井の頬をまっ赤に染めさせた。

その妹から白石は塾にいっていると聞かされ、勇は階段を踏みはずしたようなずっこけた気分になった。勇に武道が盛んだから金沢に来いとさんざんけしかけておいて、自分だけ進学に一路邁進《いちろまいしん》しているとは人生方針がまっとうすぎると腹も立てた。それも、福井と肩を並べて金沢駅から電車に乗る頃には、おだやかな気分に変わっていた。

受験勉強はしないんですか、と訊いた勇に対して、彼女は、金沢を出て一年どこかで遊んでから考える、と答え、告白するように、「東京に出たい」と囁《ささや》いた。

七十歳を過ぎている寺田師範は、二人を前に意気軒昂《いきけんこう》だった。自分は享和《きようわ》元年から続いている長尾流躰術の十四代目の宗家であり、秘伝の巻物も伝授されてい

る。それは師について十六年間修行した末に与えられたものである、と述べたてた。

勇はただあっ気にとられて聞いていた。武道家というのは偉いものだと思ったのは、きちんと正座をしている福井のスカートから太股《ふともも》がつけ根近くまで剝き出しになっているのに、寺田師範は一向に関心を示さなかったからである。

こんなボンノウがあっては、来年の昇段試合はだめだな、と勇が弱気になっていると、寺田師範は、では道場に来られたし、と居間から道場に二人を案内した。廊下にはかすかに便所の臭いが漂っていた。勇は先に立って歩く師範の背中に向かって、女も見学が許されるのですか、と訊いた。身を縮めるようにして横を歩いていた福井の身体がびくんと震えた。師範は立ち止まり、見るのは構わないが、弟子入りはいかん、といった。

どうして女が駄目なのか、と腹の中で疑問に思ったが、古武道の香りがする二十畳ほどの道場に招き入れられて、木刀を与えられて初めて分かった。そこに女の香りがしては、せっかくの武士道が台なしになってしまうと感じられたからだ。道場の中央の祭壇に、武道の神が神々しく祀られていたのだ。

寒い道場に、師範は浴衣姿のまま佇み、木刀を帯に差した。勇も同じようにした。両膝を折って開き、蹲踞《そんきょ》の姿勢から木刀を構えようとした瞬間、老体の師範の身体がエスカレーターに乗ったようになめらかに前に出てきて、勇の手首を木刀の柄で押さえた。

次に、柄が右肘の下に差し込まれたと思ったら、勇の身体は宙を舞っていた。腕は逆をとられ、勇は床に組み敷かれた。その勇の眼前に、静かに座った福井の両膝が現われた。む、と思った勇の背中を、師範の手にした木刀の先端が突いた。さらに横にされ脇腹を仕留められ、表にされてギブアップの体勢にさせられた。

棒術では、棒を背中に斜めにわたされ、これも角兵衛獅子《かくべえじし》さながらに宙を踊らされ、小太刀でも刀を奪われ、逆手をとられた。

「要するに、長尾流とは、相手に刀を抜かせないものなのですね」

「抜かせないし、こちらも抜かない」

勇は礼をし、二百年も伝承されてきた古武道の奥の深さに素直に感じいった。そのことを伝えると、獅子舞いさながらの顔付きをしている寺田師範は、欠けた前歯を剝き出しにして、はにかんだような笑みを見せた。

二人は気持ちにあたたかいものをほうり込まれたように感じて寺田宗家の荒々しい門構えを後にした。大粒の雨が降っている中にとび出し、森本《もりもと》駅まで全速力で走った。途中で勇は福井がミニスカートなのに気付き、自分の鈍感さに歯ぎしりをしたが、福井の方では少しも意に介さず、少女のようにつるりとした足に視線を走らせる勇を、いぶかし気に見つめ返した。

電車の中で二人は濡れた頭を振るい、寺田師範の感想を言葉少なに言い合った。白石の妹のいった「習っていた人に魅かれた」という意味を、勇はついに訊くことができなかった。

勇の泊っている民宿に戻り、バスタオルを借りて頭と身体を拭い、熱い茶をもらって二人は初めて互いの顔を眺め合ってどちらからともなく笑った。それから、窓から見える犀川に目を向けた。川面に、雪が落ちていた。雪だ、と勇はいった。

「三月まで、自転車に乗れないなあ」

福井が赤くなった鼻を窓の外に向けて懐かし気に呟いた。その唇は紫色に変色していた。勇は窓に顔を近づけた。熱をもった人の肌が間近にあるのに気付いて、福井は上体を起こした。二人の顔の間が四十センチ程に開き、互いに息をするのが楽になった。

「君がミニスカート穿いてくるとはな、驚いたよ」

「似合わんやろ、足太いし」

「武道で鍛えた足だ。きれいだよ」

　率直に勇は答えた。本当はもっとほめたかったが言葉が出なかった。胸の中で、その何倍ものほめ言葉が湧き上がって、出口が詰まってしまったからだ。

「このスカート、ずっと穿いてみたいと思ってたの」

「初めて穿いたのか」

　福井は頷いた。勇は幸せな気分に浸された。自分のために、彼女は女らしさを強調してくれたと思ったからだ。勇のほこらし気な表情を見て、福井は眉を曇らせた。それから、窓に向かって祈るように呟いた。

「友達でね、スカートの中に、いつでも凶器をもっている子がいたの。その子が羨しかった……」

「凶器？」

　勇は間の抜けた顔で訊き返した。

「そう、女の……」

　福井はそういってから勇を見返し、歯を見せずに唇を横に薄く引いて笑った。

福井の身体から得体の知れない香りが立ち昇り、口の端まで出かかった勇の質問を押し返した。

その子に対抗するために剣道を、そして、なぎなたをやりだしたのかと勇は訊こうとしたのだ。福井の瞳に雪が映った。それ程の寒い目を見たのは初めてだとそのとき勇は思っていた。

鯉のぼり

　机の上に置かれた速達便の封筒を裏返した勇は、差出人の名前を見て首を傾げた。

　日活《にっかつ》映画株式会社。

　印刷された活字は大きく堂々としたものだが、表に書かれた「小林勇」という宛名書きの文字は干涸《ひから》びた糸みみずのように頼りない。

　何だろうと思ったが、思いあたることがない。近くに撮影所が二ヶ所あった。一つは大映《だいえい》で、坂道を降りて京王多摩川《けいおうたまがわ》に向かう途中にあり、日活は布田《ふだ》寄りの多摩川べりに建っていた。

　河堤をランニングしたり、小魚を釣るポイントを求めて、下流に時間をかけて移っていったときなど、ふと顔をあげると、周囲の殺風景な荒地や畑とは不釣合な白い建物が目に入ることがあった。

小学校の校門にあるようなコンクリート固めの門柱があり、その裏には守衛の詰所があって中にいる制服姿の男が通りかかる人を血走った眼で睨んでいるのを、勇は何度か目にしたことがあった。

休みの日などは、女学生が門を囲んでデモ隊さながらに隊列を組んで、やってくるスターを待ち構えている。勇も何度か高級車に乗った女優を見かけたことがある。暖房のきいている車中で高価そうな毛皮を着たまま足を組んでいた女優が、数ヶ月後に姉に誘われて映画館にいくと、スクリーンの中では前歯の欠けた百姓女になって出てきて驚かされたこともある。

門を一歩入った世界は華麗そうであったが、勇には無縁のものとして心を閉ざしていた。それに、たまに見かけるスターは顔色が悪く、知性も乏しそうだった。彼等に憧れる級友達を、変な連中だと勇は思っていたものだ。

封筒を机に置き、まず便所に入った。先週まで家族と一緒にいた父親は、健康が回復したと自ら勝手に判断して、新緑に染まる山に写生に入った。父がいなくなると、三つ部屋があるだけの借家には、新たに空き部屋ができたような広がりを感じさせた。

小用をしながら喉の渇きと空腹を覚えた勇は、母親が勤め先からまだ戻っていないようでは、夕食は十時過ぎになってしまうなと暗い気持ちで考えていた。普段なら、学校での部活を終えた後で道場の稽古があるときは、踏切脇の珍来軒《ちんらいけん》で腹ごしらえをするのだが、二週間後に控えた昇段試験に金がかかるため、今日は節約することにしたのだ。

便所から出て勇は水道の蛇口の下に口をもっていって水を飲んだ。顔を元にもどして首筋に垂れた水を拭い、思い直してもう一度水を飲んだ。それから、こんなまずいもの、いつまでも飲めるものではないと腹の中で文句をたれた。

部屋に戻り、防具袋の中から汗で濡れた稽古着と袴を取り出し、硝子戸を開いてビニールの紐に引っかけて干した。本当はすぐにでも洗わなくては汗臭いにおいがこびりついてしまうのだが、学校と道場、合わせて四時間にも及ぶ稽古をしたあとでは、それだけの気力がない。

腹が鳴った。勇は開いた硝子戸の敷居に腰を下ろし、上体をねじって庭を通して暗い外を透かし見た。

垣根の向こうはずっと畑が広がっている。四年前に、小林一家が杉並《すぎなみ》区内から調布のこの借家に越してきた当時は、麦畑が広がっていたのだが、いつの間にかとうもろこし畑に変わっていた。動作は鈍いが目先の利にさとい農家の性格に、勇は感心しながらもしたたかなものを感じたものだった。もう二ヶ月もすればすすきに似た花をつけるだろう。

昼間は初夏を思わせるほど暑かったが、今は五月にふさわしい夜風が流れてくる。風の中に、ひどく懐かしい香りが混っていたが、それはいつ、どこで嗅いだものなのか記憶にない。

勇が覚えている一番古い記憶は、阿佐ヶ谷《あさがや》の商店街で催された七夕祭のものである。生後一年半が過ぎた頃で、どこかの植木屋に設けられた長方体の木桶《きおけ》の中に、小さな金魚がいっぱい泳いでいて、赤ん坊の勇は水面をぴちゃぴちゃと叩いて周囲の人から大変に叱られたものだった。そのあとで母親の背中に背負われながら見上げた七夕祭の飾りつけが、とてもきれいだったのを覚えている。頭上の空に新しい街が出現したようだった。

再び腹が鳴った。胃袋はぺちゃんこだった。夜の空気を腹の中いっぱいに吸い込んでみたが、胃の中がカラッポであることが余計に認識されたばかりだった。

立ち上がる前に、今年一年のことを考えてみた。三年生で剣道部の稽古に参加しているのは勇の他に金村くらいで、彼も昇段試験とその翌週の都大会が終われば受験勉強一筋に打ち込むことになるだろう。新しい主将が決まれば、一人稽古に参加する勇は、下級生にとってうるさい存在になるに違いない。ことに、二年生と勇の実力の差が歴然としているだけに、新主将にとっては目障りなことだろう。だが、来年春の大学入試を受ける気のない勇には、受験勉強の必要はない。一浪することに決めているので、それまでは存分に竹刀を振り回していたいのだ。

台所にいって冷蔵庫を開けた。電気釜は保温になっていて朝食べた飯の残りが入っている。冷蔵庫から大根の煮つけやみりん干しなどを出して二人掛け用の食卓に並べていると、ただいま、と明るい声を響かせて姉が帰ってきた。

台所にいる勇を覗いて、あらあんた、ご飯なんか食べているの、と愛想のない言葉を吐いて自分の部屋に入った。勇は雑に飯とおかずを口の中に放り込みながら、腹ごしらえがすんだら銭湯に行こう、戻ってきたら母の心づくしの手料理で本格的な夕食を摂ろうなどと考えていた。

「あんた、やったじゃない！」

オクターブ高い声を出して、着換え終えた姉が台所に入ってきた。手に勇あての速達を持っている。勇は間の抜けた顔を上げて、は、といった。何か固いものが歯にあたり、取り出してみるとプラスチックの箸の先が欠けたものだった。

「ニューフェースよ。書類選考に通ったのよ。これだって倍率は高いのよ。開けるわよ、いいわね」

そう了解を求めたときには、もう封を切っていた。中からタイプ印刷された紙を取り出して素早く目を走らせた姉は、第一次審査ゴーカク、と叫んで封筒を勇の頭に叩きつけた。姉の頰は上気して、黙っていても丸い顔が、ヘソのあるあんぱんのように焦げて丸まっている。

「うまくいけば、あんた日活の青春スターになれるわよ。そしたらあたしがマネージャーになってあげるからね」

「だけど、おれはそんなものに応募した覚えはないぜ」

「あたしが出してあげたのよ。いったでしょ、あたしじゃ背が足りないから女優は無理だけど、あんたなら大丈夫だって。村下《むらした》さんにそのための写真撮ってもらったじゃないの。忘れたの？」

「忘れた」

写真を撮ってもらった記憶はあるが、それがどのような目的に使われるのかなど覚えていない。姉は勤めだした二年前からどこぞの歌謡教室に通っていて歌手になるための訓練をしている。よくオーディションを受けにいったり、何々のコンテストだのに書類を送っているが、合格したという話を聞いたことがない。芸能人かぶれの姉の話につき合っていると、勇の気がヘンになってくるので、この頃では姉のボーイフレンドの話も含めて、姉の口から出る話題をほとんど真面目に聞いたことがない。

「今週の日曜日に二次審査があるんじゃないの。朝十時集合よ。あんた、おしゃれして行くのよ」

「日曜日は郵便局のバイトだよ」

「休みなさいよ、そんなもの」

「無茶いうなよ。来週もさ来週も剣道の試合があって休まなくちゃならないんだ。今週休んだらクビになるよ」

「じゃあ、途中抜け出してきなさいよ。二時間くらいなんとかなるでしょ」

そんなことはできない、といおうとして勇は顔をしかめた。また歯に固いものが当たったのだ。今度もプラスチックのかけらだった。

どうしてこんなものが飯の中に交っているのだ、と腹を立てながら、確かに姉のいう通り、二時間ぐらい抜けるのはそうむつかしいことではないと考えていた。

勇の仕事は小包の区分けと開函《かいかん》である。開函というのは、ポストに投函《とうかん》された郵便物を自転車で集めて回るもので、大変にのどかな仕事だった。郵便局員の帽子を被《かぶ》った若い男が、小林旭《あきら》の唄を大声でがなりたてて田舎道を走っていくので、たまに市営住宅から出てきたおばさんなどは、あんぐり口を開いたまま茫然と勇を見送っている。

土、日と続いてバイトをするのだが、各日とも、実際に働いているのは四、五時間程度で、あとの時間は他の正規の局員と同じく、適当に寝転がっている。

「あたしが付きそいでいってあげる。遅れては駄目よ」

「ニューフェースのテストなんてやだよ。恥ずかしいじゃねえか」

二杯目の飯をよそって勇は姉を上目遣いに見上げた。案の定、気むつかしい顔で、眉間に縦皺を三本寄せている。そういう表情をしたときの姉の言葉は決まっているのだ。

「あんた、誰のおかげで学校にいけていると思っているの？　授業料とラーメン代は誰が出していると思っているの？」

そらきた、と勇は思った。飯を急いで口に放り込み、福神漬をつけ加えて茶を流し込んだ。それから、こうして茶漬が胃の中で完成する、とくだらないことを考えていた。

「いいこと、あたしがついていくのよ。日曜の朝は教会があるから、撮影所の正門の前で十時十分前に待ち合わせよ。忘れないでよ」

「テストって、何するんだよ」

「行けば分かるわよ。撮影所見学のつもりでいけばいいのよ。今『堂々たる人生』の撮影やっているはずよ。裕《ゆう》ちゃんに会えるかもしれないわよ」

「姉貴、自分がスカウトされるつもりでついてきたってダメだぜ、おめえは鼻が低いんだからよ」

「うるさいわね」

顎を上に振って唇を尖らせた姉は、不意にジロリと勇を睨んで、あんた、食べるの早いわね、と捨てゼリフじみた言葉を残して台所を出ていった。

腹の落ちついた勇は、椅子を引いて立ち上がり、銭湯に行くための手拭いと石けんを手にした。風呂付きの自宅に住める日は、永遠に来ないかもしれないと、ふわっとした気持ちで思っていた。

日曜日ごとのキリスト教信者になったのは、どのボーイフレンドの影響だろうか、と勇は姉から電話で起こされたあとで、もう一度蒲団に潜り込んで何人かの男たちの顔に思いを巡らせた。

たぶんスキーから戻ってきた二月中旬あたりから姉のキリスト教かぶれが現われてきたのだと思うのだが、はっきりしない。これだけ熱心に日曜日の早朝からどこぞの教会に出かけるところを見ると、姉としても、新しく登場した男には、かなりの気合を入れているのだろう。

二度目の電話が鳴った。母親は新規の生命保険の加入者に会うとかで、姉より先に家を出たらしい。勇はうめき声を洩らして、蒲団から這《は》い出して、居間にある受話器を取った。

――まだ寝てたんでしょ。途中抜け出すんだから、少しでも早くいって、真面目なとこを見せなきゃだめよ。

張りのある姉の声が耳の鼓膜を刺激してきた。この女のバイタリティは、どこから湧き出てくるのだろう、と勇は小柄だが年中愛想よく跳び回っている姉の姿を思い浮かべた。

――いいこと、十時十分前には来るのよ。髪をちゃんととかすのよ。

「分かったよ。それから、神様におれの分もアーメンしておいてくれよ」

向こうでは続けて何かいっていたが、勇はかまわずに電話を切って着換えだした。

姉が元気なのは、人生の方針を、自分好みの男を見つけることに定めているからだろうとジーンズを穿きながら考えた。

姉はボーイフレンド三人制を敷いていて、欠員が出るとすかさず補充する。一人の男に縛られると自分の目が曇るというのが理由らしいのだが、要するにまだ遊びたい盛りなのだと弟である勇は観察している。

それで困るのは、男から連絡があって姉の行き先を尋ねられることだ。姉の方ではあっけらかんと、誰かから電話があったら友達のパーティに出席しているといっておいてね、と言い残して出かけてしまうが、男から、誰のパーティですかとさらに質問される勇はいちいち口ごもってしまう。

あるときなど、狐《きつね》のような顔をした男が夜遅く家に訪ねてきて、ダンスホールにいく予定でお姉さんと待ち合わせをしたのだが、二時間待ったのに現われない、何かあったんでしょうか、と声を震わせていった。声が震えていたのは寒さと怒りがミックスされたせいだと分かっていたが、男が鼻水をいちいち垂らしては啜り上げるのには勇も閉口した。

男が納得のいかない顔で帰ったあとで、晴れやかな表情で戻ってきた姉にこと

の顛末《てんまつ》を伝えると、ああ、あれね、と頷いた姉は、

「待ち合わせの場所にいったら、思っていたより案外つまらない男だったので、やめて別の人に電話をしたのよ」

とあっさりと切り捨てた。あきれながらも、妙な説得力を感じて、勇はなるほどと感心したものだった。

郵便局には八時前にいき、局員の帽子を被って「開函」に出発した。主任が自転車にまたがる勇を見て、お、ばかに張り切っているな、と喜んでいたが、勇は腹の中で舌を出していた。

九時半には集めた手紙類にスタンプを押す準備を整えて、今度は軽快車と呼ばれる自分の自転車に乗って撮影所に向かった。甲州《こうしゅう》街道から直角に出ている道をいくと多摩川にぶつかるが、勇はなにがしかの後ろめたさを感じて畑の中の道をジグザグに走っていった。

撮影所近くの一軒の民家の庭先で、鯉《こい》のぼりを上げている父子がいて、勇は自転車をとめてその光景をしばらく眺めていた。

家は平屋で小さいものだったが、その狭い庭先で大きな鯉のぼりを上げようとしている親子の姿がほほえましくて、思わず目を奪われたのだ。

父親は一生懸命鯉の口に紐を通そうとしているがなかなかうまくいかない。その傍で十歳くらいの少年がしきりに背伸びをして父親を手伝おうとしていて、さらに二、三歳小さい女の子が、土の上に垂れてしまったお母さん鯉の胴体を、その短い腕で持ち上げて、空に上げられるのをじっと待っている。

河原から風が渡ってきて、少年と少女の髪を逆立てた。父親の腕が柱に沿って伸ばされた紐をあわただしく引き出した。吹き流しが先頭に立って昇りだし、ついで三匹の鯉が空に上がった。風が鯉のぼりの身体を通ると、三匹は生き生きと青い空の中を泳ぎだした。

感無量の体で鯉のぼりを見上げる父親の横で少年はバンザイをした。少女は空を向いて父親と兄の周りをスキップしてはね回った。眺めている勇の胸の中にぬくもりが染み込んだ。勇は微笑を頬に浮かべたまま数百メートル先にある撮影所に向かった。

正門の前では姉が腕組みをして待っていて、勇を見るなり、遅いじゃないの、と一喝してきた。守衛とは話がついていたらしく、勇が先日郵送されてきた日活からの書類を見せると、守衛は姉と勇に向かって、さあどうぞ、というように両腕を振って所内に送り込んだ。勇は自転車を押して姉と並んで歩きだした。ニューフェースの審査会というから、応募者でごった返しているのかと思っていたが、所内は不思議なほどひと気がない。コンクリートが剝き出しのスタジオの壁や銀《ぎん》座《ざ》街を模して作られたオープンセットのうらさみしさが、まるで無人の月にできた街を歩いているようにすら錯覚させられる。姉はぼんやりしている勇にどこそこへ行くように指示してから、自分はさっさと撮影所内の奥深くに向かって小走りに去っていった。そのときになって初めて、バイトを抜け出してその気もないのにタレント審査を受けようとしている自分が、馬鹿みたいに思えた。

審査を終えて所内の中央に位置する食堂にいくと、姉が二人の女と談笑しながらコーヒーを飲んでいた。勇が窓の外に立って眺めていると、目ざとく弟を見つけた姉が腕を大きく振っておいでおいでをした。ためらっていると、「そこをまたいで入りなさいよ」と姉が大声をあげた。勇は背中に火傷を負ったような思いでコンクリートの敷居をまたぎ、中に入った。そこにあるテーブルと椅子は、安食堂にあるものとまったく同じものだった。姉のいるところに近づきながら、勇はおかげで気持ちを落ちつけることができた。

「この人は水沢《みずさわ》さん。水沢美雪《みゆき》さんていうの。女優さんみたいな名前でしょう。

でも本名なの。こちらは本橋久美子《もとはしくみこ》さん。お二人ともニューフェースに応募した女優さん候補よ。ね、可愛《かわい》いでしょう」

椅子に座る前に、姉は勇に向かって二人の女を一気に紹介した。勇は、ども、と呟いて頭を下げ、審査会のあとで手渡された食券を三人の前にかざして、どうしたものか、と訊いた。

「向こうのカウンターにいって好きなランチを注文すればいいのよ」

姉はさも馴《な》れた様子で笑っていってから、左右に座った二人の女に頭を振った。

「この子は剣道ばっかりやって、女の子とつき合ったことがないから上がっているのよ」

そのあとで姉は「ホホホ」と口に手をあてて笑い、勇は冷や汗をかいてテーブルを離れた。

カレーライスを手にして戻ってくると、三人の話題は近頃人気の新人女優の話になっていた。主に話しているのは姉で、二人の女は聞き役になっている。姉がどのようにしてこの女たちと知り合いになったのかは分からないが、勇にとっては別段驚くべきことではないので、三人の話には口を挟まずに、百二十円のカレーライスを食っていた。

「でも、あの人って銀座でスカウトされたっていわれているけど、本当はお父さんがビルのオーナーでプロデューサーと知り合いだったんでしょ。それで映画にすいせんされたって聞きましたわ」

本橋という女が鼻にハンケチをあてていうと、ほんとに？　と姉は声をあげて目を丸くした。

「それじゃあコネじゃない。ニューフェースに応募した人達が気の毒だわ」

姉の相槌を受けて本橋はさらに元気づき、そうなんです、といって呼吸をいったん溜《た》めてから、若い女優たちのゴシップをぺらぺらと喋り始めた。カレーライスを食べながら、勇は姉と同い年くらいの本橋の顔を時折盗み見しながら、口さえ開かなければ少しは知的に見えるのに、と気の毒に思っていた。勇の隣にいる水沢という女は、二人の話に微笑みを浮かべながら、視線を窓の外の撮影所の広場に向けている。

陽差しがスタジオの壁に当たり、昼食を終えたスタッフの何人かが、グローブをはめてキャッチボールをやっている。水沢の顔は小さいが、なんとなく腫れぼったくて生気に乏しい。その目が眠たそうになりながらも、外の眩しい光景をとらえている。

水沢の目がいきなり勇に向けられた。黒い瞳の奥に針の先で突いた程の光が射してきた。目に生命力が宿りキラキラしている。そんな近くから異性にまともに見つめられた経験のない勇はいっぺんに緊張した。心臓が破裂したような驚きのなかで、ひと口カレーライスを舌の上に運び込んだ。

そうしてから、なにか違和感のようなものを抱いて、そろそろと顔を上げて、水沢の目を盗み見た。

案の定、彼女の視線は勇の顔すれすれに伸びていって、食堂の壁に貼ってある新作の映画のポスターに向けられている。どこだかの大学の空手部の主将をしていたという新人俳優がポスターの一面に大きく写っている。勇は安心したような、落胆したような気持ちで、やっぱりと声に出さずに呟いていた。見知らぬ勇の顔を、正面きって見つめる女が、この世に存在するはずがない。

斜めに向けた水沢への視線をはずしかけたとき、白く磨かれた目に縁どられた黒目が不意に勇をとらえてきた。彼女の目は外からの光の反射に溢れていて、流れの速い小川が朝陽を映しているように伸びやかな輝きをみせている。瞳の奥の揺れが、川底に潜んでいる臆病な岩魚《いわな》の目のように思えて、勇は首を縮めてカレーライスの上に顔を戻した。

俳優を志す中身の薄い女達を勇は軽蔑していて、水沢もその内の一人であることが残念なような気がしたからだ。近頃では姉も軽い女達の仲間入りを果たしそうな勢いなので、勇は少々困惑している。小、中学校とも姉は卒業式のときには、代表として在校生に向かって答辞を読んだほどの優秀な生徒で、小林の姉さんは美人の上に大変に頭がよいと周囲の人々に感心されていたからだ。

「勇、そう思わない?」

姉から問いかけられて勇は皿の上から顔を上げた。三人の女の目が勇の方に向けられている。何気なく水沢の顔の上を素通りしながら、勇は彼女の目の奥から、震えた光のようなものが消えているのに気付いて気持ちを平静に戻すことができた。

「森田雅美《もりたまさみ》より、この二人の方がよっぽど美人だと思わない?」

森田雅美というのは、先程から姉たちの話題に上げられていた、父親のコネで女優の切符を手に入れたという女のことだ。勇はうんと頷いて本橋という、目の周囲が不思議に暗い、整った顔立ちの女を見つめ直して、

「ゼンゼン美人だよ」

と、はっきりといった。本橋の上体がしなり胸の先が揺れてブラウスに余分な

皺をたてた。実際、勇はその通りだと思っていた。森田雅美という女優はまったくその辺に転がっている女と同じ顔をしていた。

「水沢さんも素敵でしょ」

姉は司会者のような表情で隣の年下の女に気を遣ってみせた。勇はなんとなくぼやけて見える水沢の上に雑な視線を送り、ああ、と頷いて水を飲んだ。

「なによその返事は。もっと誠実に答えてあげなくては失礼でしょ」

姉は不愉快をはっきりと表情に表わして勇を睨みつけた。

「お姉さん。そんなこと、いいんです」

姉に向かっていった水沢の声は、自信なさ気な様子には似つかわしくなく、明朗で響きのある声量をしていた。気持ちの上では席を立ち上がりかけていた勇は、いったん腰を落ちつけて、姉と水沢を交互に見つめ返した。

先程自分の頰をすれすれに通って壁のポスターを見つめていた水沢の目が勇の脳裏に蘇《よみがえ》った。

「この人が……」と勇はいって水沢美雪の濡れている瞳を斜め上から見つめた。

「女優志願でなければもっと魅力的だと思うよ」

女の瞳が波立つのを見つめて、勇は立ち上がった。昼休みの内に郵便局に戻り、午後の開始の前に、何喰《なにく》わぬ顔で小包の整理をしていようと思っていた。勇の行動に気付いた姉が、審査の発表はどうするの？　午後からでしょ？　と訊いてきた。多分に上ずった声を出しているところをみると、勇の言葉に動揺してどのように二人の女をとりなしたらよいのか迷っているのだろう。

「ああ、あれは駄目だ」

「どうして駄目なの？　セリフがうまくいかなかったの？」

心細気に姉は勇を見上げて訊いた。勇は苦笑した。うまくいかないどころではなかった。一緒に面接室に入った五人の応募者の中では、勇のセリフが一番ひどく、調子はずれのおんどりの鳴き声より劣っていた。

「審査員の一人から日活の青春映画をどう思うかと訊かれてさ」

セリフのことは伏せて、勇は故意に乱雑な調子で答えだした。水沢の視線が頬のあたりを射してきた。

「あれは継子《まま こ》いじめと出生の秘密自慢だといってやったよ」

そのあとで笑おうとしたが頬が強張《こわ ば》りうまく声が出なかった。格好よく決めたつもりの勇は、背中に冷や汗をかいて食堂の敷居をまたいだ。自分の自転車に乗って河原堤に出ると、来るときに見た鯉のぼりが、さらに悠々と楽し気に空を泳いでいた。何故だか勇は胸が熱くなった。

先に三段の昇段審査を終えた勇は、三組後に行なわれた金村の審査を、半分は満足気な気持ちで、残りの半分は不安と釈然としない気分が混ぜこぜになった気持ちで観戦した。満足だったのは、立ち合った二人に対して行なった自分の剣技が、思い通りまっすぐに相手の間合いの中に踏み込んでポイントを上げる錬達度に達していたからで、二人の相手に対して一本も与えなかったのは、審査員を感嘆せしめるのに充分であると自分で判断できるほどだったからだ。

だが、金村が長身の相手に対して気合を発して打ち込んでいくのを見た瞬間、勇の胸の半分を塞いでいたイヤな気分が、不可解な不信感となって表われた思いがした。

昇段審査は、受験する剣士が竹刀を持って打ち合いをするが、試合ではない。生きた相手に対して、どのような剣さばき、足さばきをするかを披露するものであって、勝敗より、剣筋、姿勢、風格が優先される。

その日見せた金村の戦いぶりは、まるで決闘だった。打ち込まれた相手が、金村の胴が開いたのを見て竹刀を斜めに振り下ろすと、ためらわずに体ごとぶつかって柄で相手の顎をかち上げる。相手がひるむと、面の頂点ではなく耳のあたりを殴ってさらに喉元に竹刀を突き上げる。鍔迫り合いになるとすかさず足をかけて体勢を崩し、脳天に竹刀を二度三度と叩きつける。

立ち合い人がたまらずに注意を促すと、素直に聞こうともせずに、五十年配の立ち合い人を面の奥から睨みとばす有様だった。そのような乱暴な金村の剣道を見たことがなかった勇は、ただ茫然と審査会場の端で立ち尽くしていた。どう好意的に見ても、段位を与えてくれる審査員に、敬意を払っているとは思えない。金村の落選は明らかだった。

二人目の相手との審査を終えると、金村は立ち合い人に対する礼も返さずに、肩を怒らせて席に戻ってきた。面を脱ぐと、紅潮した頬を日本手拭いで横殴りに拭い、そそくさと席を立った。会場の端で勇が待っているのに気付いていながら、自分一人で更衣室に向かっていく。今朝からの金村のいつになく不機嫌な様子を思い起こして、やはり、家で何かあったな、と勇は考えていた。

普段は、学校での朝稽古でも、金村だけは寝惚けた顔の中に小さな目を置いて楽し気に、周囲のユーウツ顔の部員を眺めている。きつい稽古に対する絶望感を見せたことのないやつで、勇にしてみれば、金村の剣道に対するそのひたむきな姿勢に勇気づけられて、ずっとこれまでやってこれたほどなのだ。

金村を追って更衣室に入った勇は、そこに数人の者たちがいて、緊張しきった様子で剣道衣に着換えているので、金村に話しかけるのをためらった。すでに着換え終えていた勇は、自分の防具袋を担いで外に出た。

昇段審査は大学の体育館を借りて行なわれていたが、受験者の大方は初段二段の免状を狙って来た者たちで、三段の受験者となると百名に満たない。しかもそのほとんどが大学生で、高校生は数えるほどしかいない。

勇はもともと段位そのものには興味がなく、受験するにも相応の受験料が必要なので、昨年の春に二段の免状を授かった時点で、段位への挑戦は打ち止めにするつもりでいた。剣道連盟では規定に基づいて金額を要求しているのだろうが、勇の方ではお金で免状をもらうみたいで、気に入らなかったからだ。

ところが金村はひどく積極的で、勇にも三段を受けろと去年からむやみにすすめる。その真意は、三段の段位を授かれば、どこだかの私立大学からスポーツ特待生として推薦されることは明白で、入学金はおろか、剣道部にいる限り授業料も免除になるからだということにあった。

裕福でない金村家にとっては、それが長男を大学にやれる唯一の方法なのであるという。剣道は好きだが、それを手段にして大学に入る気のなかった勇だが、東京都下の三多摩地区に限っていえば、これまで高校生が三段の段位を授与されたのは高体連ができて以来七人だけで、もし勇たちが合格すれば栄えある八人目の天才剣士になれるのだと聞かされて、助平心がムクムクと湧き起こってしまった。日本の剣道史の中に、自分の名前を刻み込めるかもしれないと短絡して思い込んでしまったのだ。

昨年の終わりに、元剣道部にいた白石の誘いにのって金沢にいき、現地の古武道を習おうと試みたのも、腹の底には、他流派の極意の何もかも盗んで、もっともっと強くなり、東京に小林勇ありと名を天下に知らしめてやろうという青臭い野望があったからに違いない。

勇は体育館脇の石段に腰を下ろして、審査を終えて戻っていく高校生を眺めていた。初段審査は、何人か単位ですぐに合否の発表が出される。その結果は表情を見れば一目瞭然だ。青白い頬を俯けて、決して顔を上げようともせずに歩き去っていく暗い性格の奴もいれば、酒に酔ったように笑い転げているお調子者もいる。

やわらかい感触の風が勇の顔を撫でていく。金村を待ちながら、勇はなんとはなしに、初段を取った日の夕方のことを思い出していた。昇段審査を終えて調布駅前の広場を歩いていると、買い物に向かう母親とばったり出会った。小、中、高校と学業に関しては母親を喜ばせた経験のない勇は、いつの頃からか、母親は息子のことにはあまり関心がないのだろうと思い込むようになっていた。母親が、友人の親達のように、勉強しろと息子にいったことがなかったからだ。

広場で母親と顔を合わせた勇は、学校の成績が上がった報告でないことにいささか後ろめたさを覚えながら、落ちつかない気持ちで初段の免状をその日取得したことを報告した。

二年以上たった今でも、その時の母親の反応を勇は鮮やかに思い出すことができる。小太りの母親は、満面に笑みをたたえて躍り上がったのだ。たぶん、剣道のルールさえよく知らない母親の喜びようをみて、それまで母親が、口に出さずに心の奥底で息子の行く末をどれ程心配していたことかと察して、勇は胸を痛めたものだった。

「おーい、金村」

目の前、五メートルのところを金村が通り過ぎた。勇はあわてて叫んで腰を浮かした。

「どうしたんだ？　帰るつもりなのか？」

「ああ、どうせ落ちるしな」

　金村は勇が並びかけるのを待たずに、先に立ってゆっくりと歩きだした。昇段試験の発表は今から三十分後に行なわれるはずだった。

「だけど、先に帰ることはないだろう。おまえ少し、ヘンだぞ」

　朝会ったときから金村は不機嫌だった。目付きがとげとげしく、態度も投げやりで、他人の干渉を固く拒んでいるようなところがあった。試合の緊張のせいばかりとは思えず、勇は初めて見せる金村の荒《すさ》んだ目付きに対して、当惑した気分で眺めていたのだ。

「小林は合格だよ。群を抜いていた。じゃあな」

「待てよ、そりゃないだろ」

　こいつとは生涯つき合いたいと思っていた勇は、金村のそっ気ない言い方に腹を立てた。

「そばぐらい食おうぜ。じゃないと絶交だぞ」

　勇の言葉を耳にした金村は、立ち止まる気配をみせた。しかし、足は完全には静止せずに、大学の門に向かっていく。重症だ、と思った勇は、金村の歩調に合わせて真後ろから校門を通り過ぎた。

信号まで来て金村は立ち止まった。防具の入った袋を担いだ背中が錆《さ》びついた鉄板のように勇には感じられた。信号は赤のはずだが、勇はそんなものに気をとめていなかった。ゆっくりと右足を上げてから、満身の力を込めて、足の裏全体で金村の腰を蹴りとばした。

走ってきたタクシーは、とび出した金村の直前で急ブレーキをかけて停止した。だが勢いづいていた金村の身体がねじれてタクシーの前部に当たり、反転して防具袋がドアを打ち、その反動で金村は車道に尻もちをついた。

信号待ちをしていた人たちの間から悲鳴が上がり、それより大きく、タクシーの運転手の怒鳴り声が響き渡った。後続の車のクラクションが鳴り、タクシーの運転手は睨みを残して走り去り、金村は防具袋と竹刀袋を横抱きにして、歩道に這い上がってきた。

信号が青になり、歩行者が歩き出しても、金村はガマ蛙のように蹲《うずくま》っている。ただし、顔は夜叉《やしゃ》のように変貌して勇を食い殺さんばかりに睨み上げている。

二、三歩後ろに引いていた勇は、金村の恐ろしい形相を見て笑いだした。はじめは金村の怒りを避けるつもりでにやりとしてみたのだが、彼の憤りが本物だと知ると、なぜだか本当におかしくなってしまったのだ。すんでのところで、彼が事故にあうところで、それをひき起こしたのが自分であると思い直すと、人間の運命のたわいなさを感じるようで、とても愉快だった。

「てめえ、何しやがるんだよ。殺すつもりだったのかよ」

金村は歩道に両膝をつけたまま低く咆《ほ》えた。勇はまだ笑っていた。

「てめえ!」

金村は防具袋を置いて、クラウチングスタートのダッシュをきるように、低い体勢から跳びかかってきた。勇は充分に腰を落として金村の突進を受けた。胸と顎に、金村の頭がぶつかってきた。勇は両腕を広げて外側から金村の腕を締めた。

「てめえ、ふざけんなよ! てめえ!」

金村は背中を丸めぐいぐいと押しつけてくる。防具袋を担いだ連中が次から次へとやってきては、二人の喧嘩《けんか》を眺めていく。だが、誰も特別に関心を払わない。金村に押し込まれてビルの壁に背中をつけられた勇が、にやにやと笑っていたからだ。

勇の腕に、怒りや笑いとは違う振動が伝わってきた。金村の口から嗚咽《おえつ》が洩れた。勇は金村の両腋《りようわき》に手を差し入れ、上体を持ち上げようとした。それに抵抗するように金村の身体は沈み込んだ。その重さが、悲しみの重味であるように勇には思えた。

そばから立ち上る蒸気が、充血した金村の目を隠した。洟を啜り、そばをすすり、また洟を啜り上げる内に丼の中のそばは空になった。金村は汁を残さずに飲み、合わせて勇も丼を空にした。

二人は食べ終わって水を飲み、放心したようにテーブルに視線を落とした。

「出るか」

「ああ」

勇が訊いて、金村が頷いた。そば屋に入ってからの初めての会話のあとで、二人はすぐに席を立った。

「昨日、姉ちゃんが家に戻ってきたんだ」

横断歩道に並んで佇んだとき、金村は上気した頬を空に向けて呟いた。勇は金村の口にしたことをいったん頭の中に流し込んで、その内容を吟味しようと努めた。

「姉さんて、去年、結婚した人か?」

「そうだ」

「戻ってきた？」

「追い出されたんだ」

「結婚したんじゃなかったのか？」

「だから、追い出されたんだ」

信号が青になり、二人は押し出されるようにして横断歩道を渡りだした。

歩道に上がって勇は金村の横顔に目を向けた。とげとげしさは消えていたが、さらに強い決意のようなものが表情に漲っていた。

「すごい金持ちと結婚したとかいっていたじゃないか」

「S電気の三男坊だ」

「そりゃすげえ」

一流の企業だ。金持ちとは聞いていたが、それ程の家系の人とは思わなかったので、今さらながら勇は驚いた。

「奴等は鬼だ。表ヅラは上品にしてやがるが、心は腐っている。ババアははじめから姉ちゃんを追い出す気だったんだ。息子が姉ちゃんに飽きがくるまで待って、そのときが来たら、息子と一緒になって追い出すつもりでいたんだ。姉ちゃんは、息子のセックスの道具にされたんだ。あいつら、朝鮮人の姉ちゃんを、はじめからおもちゃにするつもりでいたんだ」

勇は黙って唇を尖らせて聞いていた。いくつか分からないこと、不思議なことがあった。まず理解できなかったのは、自転車の販売、修理業をしている一介の商店の娘が、どのようにして従業員二万人のS電気の三男坊と知り合い、結婚するまでにいたったかということだ。企業家と政治家の子息や娘は政略結婚の道具にされると聞いているが、金村の姉の場合はそれにはあてはまらず、第三者からみれば、むしろ純粋な恋愛結婚と思えるのだ。だが、それにしても家の者や親戚の者の反対が多くあったはずだ。

「よくそんな奴と結婚できたな。披露宴だって大変なものだったろう」

トンチンカンなことを訊いたかな、と思ったときには、すでに口にしていた。

金村は興奮もせず、普通の調子で答えた。

「披露宴はなかったんだ。親父とおれと妹が向こうの家に呼ばれて、二人が一緒になるので祝ってあげてくれといわれただけだ」

「追い出されたっていうけど、それは、離婚したということなのか」

「結婚なんかしていなかったんだ。八ヶ月もたつのにまだ籍を入れてもらってなかったんだよ」

「そんなことってあるのか」

「姉ちゃん、ずっと泣いていたよ。いじめられて、いじめられて、それでも我慢していた姉ちゃんをいじめ抜いて、客の来ているところで『あの人が家に住むようになって匂いが変わった』とババアがいいやがったんだ。親父だってとっくに帰化してんのに、姉ちゃん、朝鮮のことなんか何も知らないのによ。日本で生まれて日本の高校出たのに……親父は、昔、仲間だった朝鮮の人からも裏切り者呼ばわりされてまで日本に帰化したんだぜ。みんな、姉ちゃんやおれたちのことを考えてそうしてくれたんだぜ。姉ちゃんの足なんか、冬の間、素足で働かされたから汚くなっちゃって、それをババアは嫁の足は汚いといって客の前で笑い者にしたんだぜ」

「そうか、大変だったな」

「ひどいじゃねえか。姉ちゃん、人間なんだぜ。雑巾じゃねえんだ」

「それでおまえは朝からヘンだったのか」

「ここに来ようか、奴等を殺しにいこうか、朝まで眠れずに考えていたんだ」

「殺すのは……」

まずいな、と思いながら、小さかった勇にも、金村と同じ衝動が何度か体内を駆け巡ったことがあったことを思い出していた。

「それでよ……」

勇の言葉がそこでとぎれた。次に質問する前に、会ったことのない金村の姉を、そっと自分の姉に置きかえてみて、自分の意志では抑制できない憤りが湧き上がるのを感じたからだ。血が逆流して、自分の両眼から赤いものが噴出したのを一瞬だが勇は目にした。

勇の言葉が次に発せられないので、金村の方から勇を覗き込んできた。

「おい、小林、おまえ……」

金村の言葉もそこで跡切れた。歯を食いしばって何かを必死に耐えている勇の目に涙が滲んでいるのを見たせいだ。

そのとき、もし、と勇は思っていた。もし、母親が仕事を持てなかったら、もし、姉が明るい性格の人でなかったら、自分は父親を殺していたかもしれないと思っていた。

中間考査の始まった日に、金沢の福井咲子《さきこ》から手紙が来て、彼女が地元の短期大学に入ったことを知った。それと同時に、彼女の名前が咲子であることも初めて知り、その名がなぎなたの達人らしくなく可愛らしいので妙に安心し、勇は家の中に自分一人であることを確認してから机の前で微笑んでいた。

『夏休みには東京にいきたいと思っています。北陸代表になれば、文句なしにいけるのですけど、このところ別のことに心を奪われていて、なぎなたの腕が落ちたのでどうなるか分かりません。東京の大学にいく夢も捨てていません。ここは窮屈です』

福井が何に心を奪われているのか興味があったが、直接訊くわけにはいかず、机を前にして勇は珍しく頭を使って思いを巡らせた。慣れないことなのですぐに頭が痛くなり、返事を書こうと便せんをひき出しから取り出してみたが、前略、と書いただけであとはさっぱり文句が浮かばず、姉が元気な声を出して帰ってきたのにびっくりして便せんをしまってしまった。

翌日、試験が午前中に終わり、剣道の稽古もなくて時間がぽっかり空いた勇は、日活のニューフェースの審査にいったときにもらった試写会の券を持って銀座にいった。

ビルの何階かにあるホールに入るとすぐに試写がはじまり、若手の人気男優が雨の中をバイクで走り回り出した。ヒーローが怪我《けが》をし、人生に絶望してスネだすと、気だてのよい娘が現われ、ヒーローをなぐさめた。彼はがぜん元気になり、よし、と気負って大声を張り上げ、娘が喜んだところで場内に灯りがともり、明るくなった。

電車賃を使って損をしたな、と不満に思って立ち上がった勇の目に、先日撮影所で会った女がこちらに向き直る姿が映った。何故だか勇はとてもあわてて、小走りに試写室を出た。だが、エレベーターの前にたむろしている人々を見て、急いで踵《きびす》を返し、試写室のドアの前を通って便所に入った。

小用を足しながら、こんな大都会に住んでいて、こんな偶然があるんだろうか、と妙に胸が高鳴るのをしきりに照れ臭く思いながら、便器を打つ小便を眺めていた。手を洗うときになって、同じ試写会の券をもらっているのだからそれ程不思議なことではないと思い直した。水沢と会わずに逃げるようにビルを出ようとしたのは、美人が苦手であったせいである。顔を見合わせて向こうが無視をすれば自分は自信喪失するし、挨拶をされたら、どのように言葉を返していいのか分からないからだ。

これが福井咲子であったら、おう、と自分の方から大声を出して寄っていくのだろう、と勇は自分の情けない本性を見透かして落胆した。福井も美人だが、水沢美雪の横に置いては少し気の毒だ。水沢の顔はぼやけているようであとで思い出すとはっきり脳裏に貼りついて出てくるし、福井の顔は輪郭が二重になるようなたよりなさがある。

ま、しかし、どちらの女も、自分にとっては無縁のものだ、と胸を張って試写室の前に戻ってきた勇は、小林さん、と声をかけられ、視線の先に黒く艶のある瞳と下ぶくれ気味の顔が微笑んでいるのを知って、心臓に熱湯をぶっかけられたようなショックを覚えた。

先日は取り澄ました表情で終始していた水沢が、無礼な態度で背を向けた勇に対して、艶然《えんぜん》と笑いかけているのが驚きだった。そんなふうに、面と向かって女から笑いかけられた経験もなかったからだ。

「たぶんおトイレだと思って待っていたんです」

近づいてきて白い歯を見せた水沢は、長い髪を片手ですいて首を傾げてさらに親しみを込めて笑った。黒い瞳が風車のように回転し、勇は目の回る思いをした。

「お姉さまから紹介をうけた水沢美雪です。覚えてますか」

「覚えてます」

「三次審査にどうして来なかったんですか？　また会えると思って楽しみにしていたんですよ」

「そうですか」

「どうして来られなかったんですか？」

「試合が……剣道の昇段試験があったんです」

「なんだあ……せっかく二次審査に通ったのに。高校生の男の人では二人だけだったんですよ」

「そうですか」

「お姉さん、がっかりしていたでしょう」

「やつには……姉には落ちたっていってあるんです」

「まあひどい」

水沢は上体を揺すって笑った。弾みで二人の肩が触れ、水沢はさり気なく勇の腕を叩いた。勇は自分の身体が電池の切れたロボットのように硬くなっているのを感じ、それを溶かす方法もそうするだけの勇敢さも持ち合わせていないことに、自分ながら辟易《へきえき》していた。

「あなたは、水沢さんはどうだったんですか」

「あなたのいう通りの結果でした」

「ぼくの？」

そういったあとで、勇の胸の中で、「ぼくの?」という自分の言葉が、冷や汗をともなって反響した。ぼく、という言葉を使った自分が無茶苦茶に恥ずかしかった。

「一般の女の子としては少しはマシでも、女優としては全然魅力的ではないというお説、ごもっともでした」

この女は一体いくつなのだろう、と喉の渇きを覚えながら勇は考えていた。先日会ったときは同い年くらいに思えたが、目の前で達者な言葉遣いをしている様子からは、二十歳未満とは思えない。

「コーヒー、飲みましょうか。この階のビルにおいしいコーヒーを飲ませるところがあるのよ」

はあ、と勇は間の抜けた返事をした。それからコーヒーよりそばの方がいい、と腹の中で願っている自分を発見した。何もいえなかったのは、幼稚園の頃、よその家の庭の上に広がる空に、悠々と泳いでいる鯉のぼりを、いつも半ズボンのポケットに両手を突っ込んで見上げていたのを思い出していたからだった。

東京の夏

予備校での講習を終えると、高校に向かうのが夏休みの日課になった。冷房機のない家に帰っても、蒸し焼きにされた野豚の心境が理解できるだけだ。ならば誰もいない教室で日の落ちるまで過ごしている方がましだと思いついたのがきっかけだった。

新校舎の三階の窓を全部開け放つと、思い出したように風が通り過ぎる。それがとてもすずしく、勇の気持ちを思いがけなく清新なものにさせる。

初めの内は講習の復習などする気はさらさらなかったのだが、椅子に座ってぼんやりしているだけでは間がもたなくなり、つい鞄《かばん》を開けてノート類を取り出してしまっていた。気がつくと、英作文の問題集をしおらしく机の上に広げていて、その日習ったことのおさらいをしていたりするのだ。

妙なことになった、と勇は思う。自分が受験勉強をするようになるとは思ってもみなかったし、まして、「夏期集中講座」と銘打たれた予備校の講習に、毎朝満員電車に乗って通うようになるとは、夢想だにしたことがなかったからだ。

一週間前、何気なく教室に入ってきた同級生の上原《うえはら》は、ガランとした教室の中で、たった一人で勉強をしている勇を目にして、キェーッ、と七面鳥が絞め殺されたような奇声を張り上げて、驚きの度合いを表わしたものだった。

上原は隣のクラスの村井《むらい》めぐみという目が小さくて小鼻の脹らんだ女子と受験勉強を兼ねたデートを楽しむつもりで高校に来たのだったが、勇の状況を知ると、それから毎日三階の教室まで来て、その日勇が予備校で習ったことを講義しろと催促をするようになった。仕方なく勇は一時間ほどかけて、アルバイト講師が教えてくれたことを上原に伝達する。ときには村井めぐみも参加して、黒目ばかりの小さな目を勇に向けて頷いている。

それがよい結果を生んでいるようで、たった一週間なのに、自分が随分頭がよくなったような錯覚に勇は陥り、それまで予備校ではコソコソと部屋の隅に座っていたのが、今日はとうとう一番前の中央の席に陣どって講師の顔を堂々と睨み上げていたものだった。

のしかかってくる太陽を両肩に受けてぐったりとして歩きながら、去年の夏は京都にいた、と勇は思い出していた。芸妓の豆つるや姪の大野梓はあの釜茹《かまゆ》で地獄のような猛暑の中で、どんな夢を見ているのだろうと思ってみた。元気のいいはねっ返り娘の梓が、いずれ京の女になっていくのだと思うと、不思議な気がした。

道路から校門に入り、中庭を抜けて校舎に入った。バレーボール部の女子の掛け声が響いてくる。今夏の剣道部の合宿は二年生の新主将の方針で中止になった。八月中に一週間だけ稽古が行なわれるだけなので、勇としてはすっかりあてがはずれた思いだった。予備校に通うはめになってしまったのも、その辺に原因があると勇は思っている。他の部の者が汗だくになって合宿の練習に精を出している姿を見ると、後ろめたくなる。竹刀を握っていない自分は、水素の抜けた風船のように頼りなく低空をさまよっているだけだ、と感じることが多いからだ。

上履きに履きかえて廊下から階段に向かおうとすると、突然保健室のドアが開かれて、一人の女子が飛び出してきた。

勇が立っているのに気付いて彼女は一瞬止まりかけたが、内田《うちだ》さん、と叫ぶ男の声が部屋の中から聞こえてくると、顔半分を手で覆って昇降口から中庭の方に駆け抜けていった。

あ、といったのは女子を追って保健室から飛び出してきた男で、勇を見るなりバツが悪そうに顔を伏せた。勇は何もいわずに階段を上りだした。それで安心したのか、彼は短い足で簀子《すのこ》を叩きつけるようにして女子を追いかけていった。

三階の教室では上原が窓際の最前列の席に座って問題集と取り組んでいた。勇が入っていくとにきびの多い細面の顔を上げて、よ、といった。足元を見ると、ズボンの裾をたくし上げ、水を張ったバケツの中に両足を入れている。

「なんだそのバケツは?」

「こうすりゃ少しはすずしくなる」

「水虫になるぞ」

「インキンよりましさ」

上原はにやっと笑った。剣道部員の間にインキンタムシが流行《はや》っていた時期があり、勇も感染して苦しんでいたことを上原は知っているのだ。

「夏休みの間、保健室は鍵をかけられているんじゃなかったかな」

鞄からノートと英文法の問題集を取り出して勇はいった。上原は濃い眉毛の下にあるすずし気な目を勇に向けてきた。

「ああ、何か事故でも起きない限り開けちゃいけないことになっているよ。なんだ？　中からヘンな声でも聞こえてきたのか？」

夏休み前の放課後の保健室の中は、こっそり侵入してきた者たちの洩らす青臭い吐息で満ちていた。ときにはそこに淫靡《いんび》な匂いを嗅ぎつけることもあり、女子生徒たちは驚いた顔にクスクスとした笑みを浮かべ、男子生徒たちは憤然とした顔の裏に下卑た心情を張りつけて、噂となった男女の痴態を思い浮かべていたものだった。

「内田とかいう女が泣いてとび出してきたよ。追っかけてきたのは美術部のやつだ。名前は知らないが、ガマ蛙みたいな顔をしたチンチクリンのやつだ」

「内田？　内田美恵子《みえこ》か？」

思いがけない拾い物をしたときのように、上原の目は輝いた。

「下の名は知らないよ。二年生だしな」

「内田美恵子を知らないなんてモグリだぞ。なんたって、我が高のベスト3に入るからな」

「そうか」

「そうかって、小林はそう思わなかったのか」

「よく見なかったからな、目は大きかったが」

「へえ、おまえばかに泰然自若《たいぜんじじゃく》としているな。内田美恵子よりいい女と付き合っているのか」

「文通をしている」

仏頂面で答えると、文通だあ？　と上原は素っ頓狂な声をあげて笑い出した。京都の山本ミドリ、大野梓、金沢の福井咲子と思い出してきて、最後に水沢美雪の名を思い浮かべて、勇は胃に重い衝撃が走るのを感じた。

「つまり、文通相手から写真を送ってもらったってことかあ？」

顔面をこれ以上ないほどに紅潮させて上原は笑っている。自分よりずっと年上だと思っていた水沢美雪が、まだ十七歳の高校二年生だと手紙で知らされたときはバットで頭を殴られたようなショックを受けた。

他人をちょっと蔑んで見るような目付きや、男の捨てゼリフめいた言葉にも動じる様子を見せない落ちつきは、とても高校生のものとは思えなかったからだ。

五月の試写会で偶然会って以来、水沢美雪から二度手紙をもらった。三度目は葉書で、これは数日前に受け取ったばかりだ。誕生パーティを開くので、是非自宅まで来てくれと書かれてあった。

彼女がこの高校に入れば、たちまちナンバーワンになる、と腹の中で呟きながら、自分は俗にいう面喰《めんく》いなのだろうか、と勇はいぶかしんだ。

「美術部のガマ男といえば、元山《もとやま》しかいないな。しかし、あいつが内田美恵子を口説くなんて、まさに美女と野獣だぜ。どうせ相手にされるわけねえのに、ようやるぜ」

上原は両手を頭の後ろに置いて御満悦な表情で呟いている。勇は途中で買ってきたパンを食べながら問題集に目を落としていた。今日に限って、英文がちっとも頭に入ってこない。

「やったのか？」

耳元でざわついた囁きがしたので横を向くと、上原の顔が数センチのところに出てきていた。なぜだか勇はギョッとした。

「なにが？」

「その文通相手とやったのか」

「してないよ、そんなこと。暑苦しい面《つら》を出すな」

勇は上原の頬骨に掌をあてて押しやった。上原は席には戻らず、勇の正面に回り込んで机に肘をついた。濡れた足が床を水びたしにした。

「めぐみがよ、どうしてもいやだというんだよ。いい線いったなと思って肩を抱くと俯いちゃうし、キスをしようとすると背中を向けちゃうんだ。駅前の喫茶店で使ったコーヒー代だってばかになんないんだぜ」

上原は目尻を下げて勇を下から睨み上げた。目付きが変わると、上原はベテランの掏摸《すり》のようになった。

「キスしたっていっても、ほんとにちょっと触れたか触れないかくらいなんだぜ。高島《たかしま》と清水由紀子《しみずゆきこ》なんて二人だけで泊りにいって一晩で六回もやったんだぜ。三回以上やると妊娠しないって話、本当だと思うか？」

「嘘に決まってんじゃないか。おまえ馬鹿じゃないの」

「だろ。ところが高島のいったことを清水由紀子はコロリと信じて、自分からもっとしたいと言いだしたんだとよ。なあ、したいと思わねえか」

「おれはまだいい」

「どうして。せんずりこいて頭すっきりさせてばかりなんて情けねえじゃねえか。なあ、本当にやってねえのか？」

「ない。上原、おまえの口、臭いな」

上原はむっとした様子で上体を起こし、掌をたてて自分の息を吹き込んだ。それからさらに顔を近づけてきた。

「小林が受験勉強するなんて絶対にヘンだよ。な、やったやつがいるんだろ。その女と一緒の大学入ろうねとか約束したんでリキ入ってんだろ。な、本当のことを教えろよ」

勇は背筋を伸ばして上原のどこか昆虫に似た顔を正面から見つめた。普段は眼鏡をかけていないが、かけた顔はにやけたものになる。性欲に関する悩みは、勇にとっても数年来の頭痛の種だったが、ここで思いきって自己改革してみることにした。

「やったよ」

ぶっきらぼうにひと言でいった。上原の顔が歪《ゆが》み、口元が悔しさで捩《ねじ》れた。

「やっぱりそうか。で、誰なんだ、どんな感じだった」

「ノーコメントだ」

「どうやって相手の女を納得させたんだよ。うちのクラスのやつか？　なあ、なんていったら相手はＯＫするんだよ。それくらい教えてくれたっていいだろう」

「ひたすら愛していると言い続けるんだ」

「そんなんで相手が許すか？」

間延びした顔は眼鏡をかけたバッタのようだった。さらにもう一弾、性についての講釈をたれようとしたら、「何しているの？」とけだるい声を出して村井めぐみが汗まみれの顔を向けて教室に入ってきた。

なんでもない、と怒ったように返事をした上原は、狼狽のあまり水の入ったバケツを蹴ってバランスを崩し、机の角に急所をぶつけた。

目を白黒させて唸《うな》っている上原を横目で眺めたあとで、この噂は新学期には同学年の男子の間にはほとんど広まっているなと思って、勇は少しばかり複雑な気持ちになった。もし、本当に性体験があったのならば、「やったよ」などと答えたりはしなかったことは明らかだからだ。

困るのは、女性と正面から身体を合わせてしまったときである。大抵の女性は勇より十センチ以上背が低いから、顔を突き合わせることはない。だが、夏の薄着に精を出している女性の胸が、まともに勇の腹のあたりに密着すると、どうしていいか分からなくなる。通勤時の満員電車の混み具合を、国電《こくでん》に乗るようになって初めて知った勇は、こんな地獄が毎日続くのでは、自分はサラリーマンとしては絶対にやっていけないと悟ったものだ。普段は私鉄の調布駅から十五分程各駅停車に乗って高校に通っていたので、満員電車の苦しみなど味わったことがなかったのだ。

オッサンたちの秘かな楽しみはここにあるのだな、と知ったのは、女性乗客の身体の一部と自分の腕や足が触れたときである。二つの臀部《でんぶ》が太股に当たると、それだけで背骨が柔らかくなって、頭の後ろがぼうっとしてくる。ハイヒールを履いた女の真後ろになり、女の尻と勇の下腹部が計ったように密着するときなど、喉がカラカラになり自分が疑似性体験をしていることをはっきり意識する。

下腹部のそこだけに異常に神経が集中され、熱をもってくる。変化が起きたらまずい、と勇は必死で抵抗するのだが、そう思った瞬間、短パンの下のブリーフの中で縮んでいた陰茎は、冬眠から覚めた蛇が春の中に鎌首を突き出すように、エイヤアと頭をもたげる。

背中を向けている女性の頭が動き、ちら、と横を向いて背後を窺う。明らかに自分の変化を感じとったのだと察知すると、勇の全身に冷や汗が浮く。じっと耐えて嵐がおさまるのを待ちながら、これはもうゴーモンだな、と目から汗を吹き出して苦しむ。少しずつおさまるにつれ、そろそろと体勢を変える。周囲にいるサラリーマンたちは、平然とした顔で女と密着している。中には目を閉じて恍惚《こうこつ》の表情になっている親爺《おやじ》もいる。

こいつらが勃起しないのは、やはり年季が入っているせいだろうか、それとも勃起してもシカトしているだけなのだろうか。

勇は周囲の大人たちを眺めながら、感心したり、こんな人生は送りたくないものだと軽蔑した気持ちを抱いたりしながら、そっと下腹部に手を伸ばし、変化してあらぬ方に頭を突きたててしまっている陰茎を、短パンの上から触って位置を正面に戻すのだ。

その日、新宿で山手線《やまのて》に乗り換えて高田馬場《たかだのばば》に向かう車中で、勇は不運にもピンク色のワンピースを着た若い女と、正面から身体を合わせるはめになってしまった。

背の高い目鼻立ちのはっきりとしたフイリッピン人を思わせる美女で、胸と腹を合わせながら時々勇の目を睨みつけてくる。

わずか十センチほどの至近距離で目と目を合わせるのはなんとも心が落ちつかない。男だったらガンつけやがってと怒鳴って腕力を振るえばそれですむのだが、相手が女では勝手が違う。

悪いことをしているわけではないのだから、と自分に再三言いきかせてみたが、背中の汗は吹き出すばかりだ。電車が揺れると薄い生地を通して、女の体温と柔らかい肌の感触が勇の身体にまとわりついてくる。それがとても気持ちいい。胸がドキドキする。目に痛いものを感じると、女の黒い瞳から針のようなものが飛び出してきて勇の目を刺してくるのだ。

快感と後ろめたさと自尊心の三方攻めに遭い、たまらなくなって勇は電車が揺れた際に身体をずらした。

だが、身体が充分に回りきらない内に女ともつれるように身体が合ってしまい、今度は真正面向きのまま、互いの股の間に太股が挟まれる形となって密着してしまった。

勇は女から目をそらし、車内吊りの広告に目を向けて、自分の身体の右半分に重なっている女の肉体から意識をそらせようと努めた。

冷房は入っているが、今の勇には少しのききめもない。全身が熱を帯びて、下腹部の先端は、今にもロケット弾となって飛び出していきそうだった。

右胸に女の脹らみがこすられてきた。勇はチラッと女の方に目を寄せた。黒いアイラインに縁どられた強い目が勇を見つめていた。

勇はぎょっとして視線をそらせた。そのとき、右の太股に固い脹らみが当たってきた。女の胸から腹部にかけて、温かく波うつ肉体があり、固いものは女の股に感じられる。勇の顔からどっと汗が吹き出した。女は恥骨をさらに勇の足に押しつけてくる。勇は思わず喉仏を動かした。そこに、息が吹きかけられた。見ると女の目に変化が現われていて、針のようなものは消えて、瞳の奥に洞穴《ほらあな》のような暗い深みができている。全身に熱い痺《しび》れが充満しているのを感じながら、なおも女の不思議な目に見入ると、洞穴に波が打ち寄せ、白い波は暗い穴にどんどん吸い込まれていくのが窺える。

女はもう一度唇を小さく丸めて、勇の首筋にそっと息を吹きつけてきた。なんだ？　と思った瞬間、女の手が勇の下腹部を下の方から持ち上げるように触ってきた。

勇は脳天から楔《くさび》を打ち込まれたような気持ちになって女を見つめた。女の波立った黒い瞳は、さぐるように少し下から勇を窺っている。

抗《あらが》いきれないものを感じて勇は視線を転じた。今日は水沢美雪の誕生パーティに行くつもりでいたので、いつもの短パンではなく麻のズボンを穿いていて、それがせめてもの救いだった。ぴっちりとした短パンでは、自分の両足の間に差し込まれている女の右の太股に、自分の勃起したものが固くなった形そのままで当たっていたはずだったからだ。

だが、ほんの少しだけ救われた勇の気持ちも、女の次の行為を知って、身体中が炎に見舞われた程に熱くなった。

女は勇のズボンのファスナーを下ろすと、さらにすずしい顔でブリーフの中に手を入れてきたのだ。細い五本の指が、仰天して逃げまどう陰茎をぎゅっと握りしめた。思わず悲鳴をあげそうになった。

それがかろうじて抑えられたのは、周囲にいる勤め人の視線を感じて、こんな醜態をさらすことはできないと根性で力んだからであった。

女の手は勇のブリーフの中で鰻《うなぎ》を扱う料理人さながらの器用さでリズミカルに動き、やがて電車が新大久保《しんおおくぼ》駅に着くとくるりと背中を向けて何事もなかったように降りていった。

残された勇は魂を抜かれたようになって女の後ろ姿を見送り、新たな乗客が車内に入ってくるといそいで正気に戻って背中を向け、下ろされたまま放置されていたファスナーをこそこそと引き上げた。

恥ずかしさと照れ臭さが憤りへと変わるまでにひと駅の半区間もあれば充分だ

った。ドアの隅に押し込められるようにして佇んでいた水玉模様のワンピースの女の身体に、ぴったりと下半身を寄せている中年の男の姿が目に入ったとき、勇の怒りは火の玉となってその男に向けられた。

勇は人をかきわけて男の背後に回り、その左手が確かに女のスカートの裾をたぐって中に侵入するのを見届けると、このやろう、と怒鳴りざま男のワイシャツの襟首を捩り上げた。

男の目が泡を吹いた。いい気持ちでお花畑を散歩していたら、いきなり猛獣に襲われたようなものだ。

「こいつがヘンなことしませんでしたか」

勇は男の襟首を捩り上げたまま、水玉のワンピースの女に訊いた。興奮しているのでその声はあたりに響き、人々の視線が三人に刺さってきた。

女は何もいわずに顔を伏せた。その横顔が端整で姉くらいの年齢だと想像できたので余計に勇の怒りが増幅した。

なにもしてないじゃないか、と男は野鼠のような顔を向けて唇を尖らせた。うるせえ、と怒鳴るなり勇は男の顔に二度肘打ちを見舞った。

電車が止まり、反対側のドアが開いた。「出ろ!」という掛け声と共に男の身体を反転させてホームへ向かって押し出した。するとそれまで満員で隙間も見出《みいだ》せなかった車中に、一本の小路がすうっと開かれた。

腹の中では妙なことになったといささか混乱した気持ちを抱えていたが、表面上は正義の青年となって勇は男をホームまで突き出し、そこでまた男の顔に肘打ちを放った。高校の剣道部では叱られるので使うことはなかったが、道場では、鍔迫り合いになると、よく肘を面の上から相手の耳めがけてとばしたものだった。

男がぐったりすると、駅員がとんできて、何をしている、と怒鳴った。痴漢だ、というと駅員は勇を神妙な目で見つめ、黙って頷いた。その駅員に「暴力だ、暴力だ」と叫んで助けを求める男を引っぱって、駅前の交番まで連れていった。

痴漢を捕まえた、というと若い警官は、被害者はどこだ、とすかさず訊いてきた。電車に乗って行ってしまったと答えると、それでは起訴できない、とむつかしいことを言いだした。

それに乗じて男は「私は無実だ、このチンピラに脅かされた」などと言いだした。このやろう、と怒鳴って男に睨みをきかせていると、奥から太った警官がベルトを締め直しながら茹《う》だった表情で出てきて「痴漢だってなあ、で、どっちだい」と、男と勇の二人を見比べていった。

こっちに決まってんだろ、と勇は憤然としていったが、警官はニヤニヤしている。身分証明書の提示を求められると勇はすぐに学生証を出したが、男はぐずぐずしている。

早く、といわれて仕方なしに出すのを、勇は背後から覗き込んだ。見られまいと男は背中を丸めてガードした。そのあとで男は太った警官から簡単な説教を受けて放免となった。

唖然《あぜん》としていると、証人も被害者もいないのでは仕方ないんだ、と警官はいってから、どうだ、高校を出たら警察官にならんか、といってきた。

「初任給二万六千円払うぞ、どうだ、やらんか」

冗談とも本気ともつかないニヤけた顔でいう。やりません、と答えて勇は肩を怒らせて交番を出てきた。

予備校にいくともう講義は始まっていて、遅れて入ってきた勇を講師はうさん臭げに眺めた。それから三時間というもの、車内での出来事が脳裏に代わる代わる浮かんできて、まるで講義が耳に入らない。

昼になると同じ高校の中村《なかむら》がどこからともなくやってきて「おでんいかないか」と訊く。彼はいつでもご飯だけの入っている弁当を持ってきて、予備校脇に出ているおでん屋の屋台にいって、おでんをおかずにして食べるのだ。
いこう、といって勇は中村と屋台に行き、飯とおでんを半分ずつにして昼食にした。おでん代はせっ半だったので、米の分だけ得をした。それで少しだけ朝の怒りが薄まった。それから、午後は何の講義だ？　と人の好い顔で訊く中村に、午後は誕生パーティだといって予備校を後にした。身体が駅に向いた瞬間、純真な青年の陰茎を遊び道具にした不埒《ふらち》な女のことも、勇の照れ隠しの生け贄《いにえ》にされた不幸な痴漢のこともみんな忘れて胸をときめかせた。

目黒《めぐろ》駅を降りて気が付いたことが二つあった。ひとつは、誕生パーティならばプレゼントが必要なのではないかということと、そのパーティの開始時間を覚えていないことだった。

陽はまだ高い。駅前の広場を抜けただけで汗がアンダーシャツをびっしょり濡らし、頬はせんべいのように焦げついた。

住所はソラで覚えている。だいたいの場所は地図で確かめてある。馴染《なじ》みのない土地柄なので、どのような人種が住んでいるのか見当がつかない。

古くからあるらしい商店街に花屋があった。勇は店先で五秒間ほどもじもじと佇んでから中に入った。

まだ高校生らしい娘が出てきて、何をさしあげましょうと訊く。なんでもいいから三百円くらいみつくろってくれというと、バラなんかいかがでしょうという。それをくれ、と勇はそっぽを向いて答えた。

「一本五十円ですけど」

「じゃ、六本でいい」

娘は赤いバラばかりを六本抜いて茎の根元の方を鋏で切った。それから白い小さな花弁をつけた針金のように細い花をバラの周りに挿頭《かざ》してリボンでとめた。

「それは、なに？」

「霞草《かすみそう》です。こうすると、とてもきれいになります」

娘は花束を差し出した。ポケットの中で三百円分の銀貨を握りしめていた勇は、思わず息を詰めて低い天井を睨んだ。帰りの電車賃を計算していたのだ。

こちらの分はおまけです、と娘にいわれて緊張が解けた。店を出て数歩行ってから、そうだ、と声に出していって娘のところに戻った。

住所をいって、水沢という人を訪ねるのだが、というと娘は、ああ、と素早く反応して店先に出てきた。あれを右に曲がってまっすぐにいくと左に山梨《やまなし》というお城を象《かたど》ったような家があって、そこを左に、という具合にすらすらと説明する。右腕を上りの坂と平行に差し上げて顔をそちらの方に向けている。頷いて娘の顔に視線を戻したとき、腋毛《わきげ》が目に入った。娘の白くて、おとなしくて、純朴そうな顔立ちとは不釣合な程の黒い毛が密生していた。

あわてて目をそらし、適当に礼をいって歩き出したが、曲がり角にくるまで胸はドキドキしていた。鬼の面が白昼不意に現われてきたような、そんな恐ろしさを感じていた。

五分歩くとお城を象った家が出てきた。左折しながら勇はあたりを見回してしきりに溜息をついた。目に入るのは大邸宅と呼ぶにふさわしい家ばかりで、一軒の塀を通り過ぎるだけで五十メートル以上歩かなくてはならない家もある。庭に植えられている杉や樫《かし》の大木から、せみの鳴き声が降ってくる。急な勾配の坂道を上りきって、勇は腕を伝って流れてきた汗を指で弾いた。眼下に街が広がっていた。水沢、と書かれた表札の出た家は、高台の角地にあった。

長く続く白塀には蔦《つた》が這っていた。その奥にそびえる洋館を見上げて、勇は気絶しそうになった。明治時代の伯爵といわれる連中が、見栄《みえ》を張りまくって建てた洋館がそのまま時を経てこの時代に引越してきたみたいだった。

どんな人種が住んでいるとか、そんな問題じゃねえや。

額から汗をだらだら流しながら勇は胸の中で呟いた。

帰ろう。こんな家でやる誕生パーティなんてワタシ向きではない。帰ろう。

腹の中ではそういって多少は余裕をとってみたものの、実際には動くことができずに、その場に貼りついたようになって木立の向こうにそびえる三階建の洋館を見上げていた。

余程魂を抜かれていたのだろう、勇は背後で自転車が止まったのにも気付かなかった。なんとなくぼってりとした平目のような顔をした女が目の前にぬっと現われてきて、初めて我に返った。

「美雪お嬢様のお友達の方ですか」

女は訛のある言葉で訊いてから、勇をざっと見回した。

「はあ、誕生パーティだというので……」

「パーティは夕方からですよ」

「はあ。それじゃ、また出直します」

勇は雑に頭を下げて坂の下に上体を向けた。お花が枯れたら困るでしょ、と女にいわれてまた身体を戻した。

「さき程プールにいらしたから、お伝えしてきます。お名前は？」

小林勇、と柄にもなく小声で答えた。女は坂の端の方まで自転車を押していって木戸の前に立ち、勇に向かって頭を下げた。勇はそちらに向かって歩き出した。木戸を開けると女の姿はもう見えなくなっている。勇は途方にくれながら、そろそろと中に入った。左右に木立のある前庭を抜けると、いきなり視界が開けた。緑の芝生が眩しく輝いていて、テラスには白いテーブルと椅子が置かれてあり、こちらもこの世のものとは思えない輝きを放っている。明治時代ではなく、中世のヨーロッパに迷い込んだ思いがした。

テラスからプールに続いていて、デッキチェアーの背を三十度程に立てて寝そべっている人の影がチェアーの隙間から透けて見える。

勇はちょっと下腹に力を入れてプールサイドに向かって近づいていった。そうしながらなんといって声をかけようかとためらった。だが、チェアーから伸びているふくら脛《はぎ》が目にとまると、自然に足が速くなった。

美雪の髪が目に入った。そのとき、「美雪お嬢様」とテラスの奥の部屋から女の呼ぶ声がした。チェアーに寝そべっていた美雪が上体を起こして振り返った。

美雪の視線は自分を呼んだ手伝いの女の方にではなく、いつの間にか背後に忍び寄っていた勇の方に向けられた。勇の目は、無防備な美雪の胸に注がれた。やわらかく盛り上がった二つの乳房が夏の光の下で輝いていた。

いやっ！　と美雪は叫んでデッキチェアーの背の陰に埋まり込んだ。あなたどこから！　と走ってきた女が叫んだ。

自分が幸運な男であることは分かっていた。だが、勇は生まれて初めて女のために買った花束を胸に、憮然としてその場に立ち尽くしていた。

水着をつけ、ビーチガウンを着てテラスの椅子に腰を下ろして、新しく運ばれてきたジュースを口にすると、美雪の頬に笑みが戻った。

勇の前には氷の浮いていない透明な液体が置かれた。手を伸ばしかけたとき、およしさんと呼ばれていた女が、バラと霞草を花瓶にさして持ってきた。それを見た美雪の顔には、さらに笑みが広がった。

勇はグラスを手に取り、口にあてた。美雪の視線が自分に向けられているのを感じたが、喉がひどく渇いていたので一息に飲み干した。

口の中に酸味が広がった。それが炎のように熱くなった。美雪の目が丸くなった。きょとんとしていると、二人の女は大声で笑いだした。だいじょうぶ？　と美雪は身体を前後に揺すりながらいった。

「これはなに？」

「ワインよ。そんなふうにいっぺんに飲む人なんていないわ」

勇は妙な顔をしたらしい。充分に笑った美雪は顔を近づけてきて、飲んだことないの？　と訊いた。ない、と勇は答えた。

「うちにはアルコールなんておいてないし、だいいちワインみたいな上等なもの飲む奴なんかいないよ」

「お姉様は？」

「あいつは男のエキスを飲んでいる」

思いがけなく気のきいた言葉が出た。だが、およしという女はくだらないものを見る目付きで勇を一瞥《いちべつ》して立ち去っていった。いやね、と呟いて美雪は上体を引いた。勇は風のないテラスの中に取り残された。

「いつも裸で日光浴しているの？」

遠ざかった美雪の気持ちを少しでも近づけるつもりで勇気をふるって口を開いた。

「いつもというわけじゃないわ……」

「自分のうちのプールだものな」

「背中に水着の紐の跡が白く残るのがいやなの」

そこでまた言葉が跡切れた。空気は蒸せていて身体の底の方からも熱くなってくる。汗は出るが乾いていかない。こんな気詰まりな思いをするくらいなら帰った方がましだと感じて立ち上がりかけたとき、その鞄の中味はなあに？ と美雪は物憂げに訊いた。

「夏期講習の教材さ。予備校で習っているんだ」

「え？ 勇さん、来年受験をするの？」

「そうするかもしれない」

「お姉さんが、勇さんは剣道で特別すいせんされるっていっていらしたから、受験勉強なんて用のないものだと思っていたわ」

「あれはやめた。剣道のために大学に入るなんてごめんさ」

二つの私大から勧誘が来たのは事実だった。どちらも入学金、授業料ともに免除だという。ただし、四年間のクラブ活動が強制される。剣道は自分にとっては大事なものだったが、売り物ではないという自負があり、即座に断わった。仲介に立った体育の教師と担任は、残念だという表情を隠さなかった。

「わたしの姉も教育実習のために先週まで中学校で英語を教えていたのよ」

「お姉さん、教師になるんだ」

「ううん、そうではないの。でも教職課程をとってしまったから仕方がないんですって」

それから姉は自分よりずっと美しくて、ずっと頭がよいと美雪は少し腫れぼったい目をしていった。姉は国立の女子大学の四年生だが、美雪は幼稚園から大学までエスカレーター式に続いている共学の高校に通っている。ついでに口にした美雪の兄はケーオーボーイだった。勇は夏雲を見上げて眉間に皺を寄せた。そこにいる自分がとてつもなく間の抜けた人間に思えた。

「予備校って浪人の人がいくものだと思っていたけど、現役の人もいくのね」

「今の講座は現役用なんだ。でも、通うのが大変だよ」

およしとは別の、まだ十代らしい手伝いの女がグラスに入ったワインを運んできたので、勇は調子に乗ってまた手を伸ばした。三ヶ月前と比べて肌が浅黒くなった美雪は、黒ひょうのような強い目で勇を見つめて微笑んだ。

今朝の国電の車内で遭った事件の顚末を話してやろうと勇は思いついた。そうでなければ、夕方のパーティまでとても間がもたない。

「今朝、痴漢をつかまえたんだ……」

機転をきかせて痴女の話はカットした。美雪は、ええっ？　と目を丸くして訊いている。痴漢の手が女のスカートの中に侵入したくだりを話すと口に両手をあててカッパのような顔になって目を光らせた。

「そんなことするの？」

「もっとすごいことするやつもいるらしいよ。おれの姉さんは痴漢の手を摑んで、満員の車内で持ち上げたらしい。あとで本人も恥ずかしかったといっていたけどね」

「勇さんのお姉さん、たのもしいから」

痴漢を電車から降ろし、交番に連れていき、これで警視総監賞ものだと得心していたら、別のおまわりに痴漢はどっちだと訊かれた、と勇は続けた。そこで美雪は大いに笑った。痴漢を肘打ちで何発も殴ったことは省いた。男は得意に思うが、女は暴力を振るう男を、たとえ正義の名のもとにおいても嫌うからだ。

「勇さん、将来何になるの？」

笑いが鎮まったとき、美雪がストローでジュースを吸い込みながら目をあげて訊いた。

「小学生のときは刑事になろうと思った」

「今は？」

「若年寄《わかどしより》」

「えっ!? なあにそれ！」

椅子の上の腰をはね上げ、美雪は素っ頓狂な声をあげた。分からないのは無理もない、と勇は思った。自分だってよく分かっていないのだ。

「マンションを人に貸して、自分は悠々と世界中を旅して回るのさ」

「ヘエ、勇さんのおたくはマンションをたくさん持っておられるのね？」

「いや全然ない。一つもない。それが将来の悩みなんだ」

二人は顔を見合わせてニヤニヤとした。

「君は女優？」

女優を志しているのか、というつもりで訊いた。美雪は頰に被さった髪を払い、

「あたしなんかだめ」と病弱な少女のような様子でいった。

勇は腕時計を見た。まだ三時前だ。ワインを飲んだせいで瞼が重い。

「なんだか眠たくなった」

「パーティまで休んでいなさいよ。客間もあるけど、昨日までイギリスからお客

様が六人みえていて汚れているから……兄の部屋を使って下さい。今日からテニスの同好会で軽井沢《かるいざわ》にいったのよ」

「兄さんの部屋はまずいな」

「平気よ。兄のガールフレンドに私の部屋を貸したこともあるんだから。およしさーん」

美雪はおよしを呼んで勇を部屋まで案内させた。本人はシャワーを浴びてからパーティの用意をするのだという。外国からも客を迎えるこの家の主人は何をしている人なのだろうと思い、およしに訊いたが、大きな会社にお勤めですというだけで名称はいわなかった。

どちらにしろ、貧乏絵描きの息子とは住む世界が違いすぎると思いながら、八畳程の広さの洋間に通された勇は、すぐさまブリーフ一枚になって、ベッドの上に寝転んだ。

初めは暑苦しかったが、およしさんが作動してくれた冷房機が働きだすとむしろすずし過ぎるくらいになり、夏用の薄い掛け蒲団の下に潜り込んだ。カーテンが開かれたままになっており、それを眩しいから閉めようと夢うつつで考えている内に、掛け蒲団を顔の上まで引き上げて、本格的に眠り込んでしまった。

初めは夢の中にガリバーがいた。両手両足を縛りつけられて大地に仰向《あおむ》けにつながれていた。小人たちがガリバーを捕えたのだ。その内、ガリバーと自分が入れ替わり、自分が大地にくくりつけられていた。開かれた股の間に向けて、小人たちは大木を、エンヤコラとばかり打ち込んでくる。

うわっ、と思う内に、女医さんが出てきて、こんなものは邪魔だから切ってしまいましょう、といって勇の一物を根元から摑んで締めつけてくる。

握られている感触が強くなると、息苦しさも同時に増してきた。

女医の姿が遠ざかり、生身の人間の手の感触に夢を破られた。

掛け蒲団の下に顔を埋めている自分がいて、勃起した自分の陰茎が、現実に誰かの手で触られている。

下腹部の一点が指先でなぞるようにこすられている。そこだけ火傷をしたように異常に熱い。

「もうこんなに大きくしちゃって。甘えてもだめよ。今日は忙しいんですからね」

女の声が掛け蒲団を通してくぐもって聞こえてくる。女の指が睾丸《こうがん》をじらすように撫でる。くすぐったさと気持ちよさで、勇はすっかり眠気が覚めた。

「なによ。テニスの合宿だなんていって。こんなところを女の子に見られたらどうするのよ」

くっく、と笑う声が響くと、勇の亀頭が不意に生温かいものに包まれた。包まれながら、敏感な部分が別の熱く動くものにからみつかれている。

勇は上半身を覆っている掛け蒲団を一気にはねとばした。

自分の陰茎に口をつけている女がいた。蒲団が床に落ちると女は眠た気に目をあけ、戻しかけて次に両目を見開いた。

女の唇が勇の亀頭から離れるまでに何秒かの間があった。

「み……」

といったきり、勇も次の声を出すことができなかった。美雪という名を口にしかけたのだが、面影はあるのに本人ではなかったからだ。

女が次の行動を起こす前のとっさの瞬間に、勇は状況を読みとった。

自分のブリーフは脱がされて、自分は素裸でいること。女は床に膝をつき、自分の陰茎を口に含んでいたこと。

女は日本画の絵描きに描き上げられた西洋の女のようだった。古風な顔立ちの中にある目鼻ははっきりしていて、口元には強い意志が読みとれた。それでいて冷たい感じではなく、高貴な雰囲気の中に、女の秘めごとを隠しもっているような危険な香りが息づいている。

「あなた……」

勇の下腹部から上体を起こした女は、そう呟いて、氷の張ったような冷ややかな緊張感を顔に浮かべた。唇の右下に、小さな黒子《ほくろ》があった。それが強張った女の表情をやさしいものにさせていた。

美雪の姉だ。

勇はそう思った。だが、口に出すことはできなかった。

そのとき、自分が素裸でベッドに横たわっていることの不自然さを感じた。異常な状況の中で、とにかく服を着ようと思って半身を起こしかけた。

女の表情が変わったのはその時だった。眉間に縦皺が寄り、唇が薄く開かれると般若《はんにゃ》の顔になった。だが、それは一瞬のことだった。

女は勢いよく立ち上がると、フレアのスカートのホックをはずし、スカートを床に脱ぎ捨てた。まっ白い下着に包まれた下腹部が勇の眼前に現われた。目が眩《くら》む思いがした。

女は腰をかがめて、下着をつるりと脱いだ。逆三角形に形づくられた黒い茂みが、まるで別の生き物のように勇の目にとび込んできた。その迫力に息を呑《の》んだ。下半身を丸出しにした女は、飛び込むように勇の身体に覆い被さってきた。上半身を両腕で絞り込み、力の限り締めつけてきた。女の下腹が勇の亀頭をこすり、ブラウスの下の脹らみが胸を圧迫した。

女は半身を起こして、仰向けにされた勇の下腹に馬乗りになった。反射的に勇は上体を起こしかけた。肘をベッドについて頭をもたげると、いきなり女は勇の胸を両手で突いた。勇の頭は柔らかい枕に当たり、吸い込まれた。

その刹那、亀頭に痛みが走った。両足を開いた女は勇の下腹部に自分のくぼみを当て、上から押し込んだ。

痛みが続き、腰をずらそうと勇はもがいた。女の両手が勇の胸に落ちてきて、いやという程つねり上げた。

い、と声をあげた勇は、それ以上は歯を喰いしばってこらえた。

女の腰が勇の上で一部をなすりつけるように回転しだした。勇の陰茎がぬめった襞で包まれ、その襞は息をしながら油っぽい糸を吐き出して締めつけてきた。ブラウスの下から白い下腹が見え、その下の陰毛は硬く丸まって勇の陰毛とからみ合った。

勇はもう逆らわなかった。それだけの気力も失せていた。女の口からたえず発せられる物悲しい溜息が勇の顔の周辺に重い気体となって漂い、勇を呼吸困難に陥らせていたからだ。

快感が高まるにつれて、下腹部についているはずの陰茎は、自分の身体からどんどん離れて独立したものになっていくように感じられた。

全身が痺れ、気が遠くなった。自分の魂が、下方に広がる暗い宇宙に向かって沈み込んでいく。

女の股と勇の下腹部に汗が入り、湿った音をたてた。その音と女の口から洩れる哀切の声が重なった。おれはセックスをしているのだ。その時、勇は意識的に自分にそう言いきかせていた。

誕生パーティには二十人以上の若者が集まった。はじめに、祝福の乾杯があり、気のきいた者が祝辞を述べ、腕に覚えのある者がギターを奏《ひ》き、ピアノを弾いた。それぞれが美雪に持ってきたプレゼントを開く頃には、誕生会は最高頂に盛り上がった。

そのパーティの間中、勇は部屋の隅に一人ぽつねんと佇みながら、居心地の悪さを感じていた。集まってきたのは、美雪の学校の同級生や先輩がほとんどで、彼等だけの共通の話題に入っていけなかったからだ。

ここに来ている者同士が親しくなる必要はないのだな、と勇はジュースを片手に思っていた。全ての者の意識が、水沢美雪一人に集まればパーティは成立するのだと理解した。

会が終わりに近づく頃になって、美雪が周囲にいる何人かの者に向かって勇を紹介した。それも「お友達の小林さん」といっただけの簡単なものだった。美雪は背中を大きく開いた薄緑色のイブニングドレスを着ていて、それで裸で日に焼いていたのだなと勇は知った。

美雪が別のグループのところに行くと、勇の身元調査が始まった。美雪とどうして知り合ったのか、あんたはどこの高校か、親父の職業は何か、その地位は、と無遠慮に質問してきた。

何一つ明確に答えずにいると、男たちはあきらめて立ち去った。周囲を取り巻いていた暗い影が去ると、シャンデリアの下に黒くて潤いのあるきつい目が浮いていた。

美雪の姉は、高校生たちをまるで幼稚園児のように見下して混雑の中を抜けてきた。勇の前に立つと頬骨の下に皺を作って笑った。二人の視線の高さはほとんど変わらなかった。

「白昼夢よ」

息を吹きつけるように囁いた。それが何のことだか、勇にはすぐに理解できなかった。

たぶん、いぶかし気な顔をしていたのだろう。女は半歩近づいてそっと勇の手を握った。耳たぶに女の吐息がかかると、ぞくりとした。

「夢の内容は秘密にするのがルールよ」

囁いて顔を離すと、女は首をちょっと横に傾げて微笑んだ。その姿がすうっと後ろに消えた。

「姉と何の話をしていたの？」

いつの間にか横に来ていた美雪が無邪気な笑顔を向けて訊いてきた。その姉の姿は、パーティ会場から消えていた。

うん、といった勇は次の言葉が出せなかった。今朝の電車の出来事や、美雪の白い胸を見てしまったことなどが、たった今の女の囁き一つでみんな霧の彼方に消しとんでしまったからだ。

その囁きの彼方には、美しく端整な女の顔と、口を歪め、眉間に皺を寄せて動物のようなうめき声をたてていた女の顔が、まるで別人のように浮かび上がっていた。


三日置いて高校に行った。運動部の合宿は休みの日で、閑散とした校内に重い夏の光が降り注いでいた。上履きに履きかえて立ち上がったとき、目の前が一瞬暗くなった。それから細かい光が斜め上下に走りだした。

勇はいったん座り込み、立ちくらみがおさまるのを待ってそろそろと立ち上がった。保健室のベッドで少し休みたいがと思いながら、壁づたいに歩いた。部屋の前まできて、たぶん鍵が掛かっているのだろうな、と半ばあきらめた気分でドアの引き戸に手をかけた。

大きな音が響き、ドアは開いた。救われた思いでのめり込むように中に入った。床に何かが落ちる音がしたのはその時だ。

つい立てを開くと、ガマ蛙によく似た美術部の男が、ズボンを膝に引っかけたまま床に尻もちをついてばたばたとやっていた。

白いシーツのかけられたベッドには内田というあどけない顔の二年生の女子が、両脛を外に向けて乗馬でもするような格好でぺったりと座り込んでいる。

「貧血らしいんだ。寝かしてもらっていいか」

ど、どうぞ、と中腰になった男は狼狽して答えた。だが内田という女は動かずにいた。その女の手を、男はつかむなり強く引いた。

「いやよ！」

と内田は叫んだ。勇は構わずにベッドに上がり寝転んだ。鉄パイプのきしむ音が響いた。女はまだベッドから降りずにいるようだった。男がちゃんとズボンを穿き直していたのかどうか、勇には分からない。女がその後、どういう行動をとったのかも、知らずにいた。

暑気あたりで、すぐに眠り込んでしまったからだった。

姉の駆け落ち

九月に入ると、姉の様子に変化が見られるようになった。夏服から合服に替るのは例年のことだが、二十一歳になった今年は地味な色を好んで着るようになった。しかも落ちついたデザインのスーツも似合う。

いっぺんに買えるだけの給料はもらっていないので月賦《げっぷ》払いには違いない。だが姉はみかけはいい加減なようだが、お金に関しては計画をたてて使う人で、衝動買いをするような人ではない。

変化があったのは服装だけではない。まず物腰が柔らかくなった。母親や勇に対して突っけんどんな言い方をすることがよくあったが、その回数がめっきり減った。

「姉貴のやつ、夏の間どこかに男と旅に行ったか？」

直接姉に訊くわけにはいかないので勇は姉の帰りがいつもより遅いと感じた晩、母親にそう尋ねてみた。

「高校時代のお友達と葉山《はやま》に行ったようよ」

母親は漬け物のヌカを洗い落としながら、下ぶくれの顔を勇に向けて暢気《のんき》そうに答えたものだ。

「泊りがけか？」

「さあ、どうだったかねえ」

いくら職業婦人だからといっても、自分の娘がいない晩があったかどうかくらいは覚えているはずなのに、母親の返答はあくまでも頼りない。

年頃の娘を持つ親としては極めて無責任な態度のようだが、そういう母親の大らかさが、姉を明るい娘に、自分を不勉強だが勇敢な息子に育て上げることができたのだと勇は得心して、裏庭から部屋に戻った。

母親は台所に上がってきて、離れのアトリエで仕事をしている勇の父親のために夜食の用意をしだした。今年初めての個展が一ヶ月後に迫っていて、父親は少し神経過敏になっていると聞かされていた。もっとも勇は、父親が写生の旅に出ている間は勿論《もちろん》のこと、家にいる間も顔を合わせないようにしているので、父親に対して神経を使うことはあまりない。思えば、高校三年生になって以来、父親とは会話らしい会話をしたことさえない。ごくたまに裏庭でオランウータンのような格好で体操をしている父親と顔を合わせることがあるが、そういうときでも互いに、「お」、「う」と意味不明の声を掛け合うだけで、意思の疎通を図ろうという気持ちなど二人にはかけらもない。父親はいまだに、自分のことを高校二年生だと思っているのではないかと勇は勘ぐっている。

その無愛想な父親も、姉にはいつでも笑顔を見せる。二人の会話は掛け合い漫才の様子を呈することがある。大抵は姉が妙な話題を持ち出して父親をからかうことから始まるのだが、三ヶ月前の会話を思い出すと今でも吹き出してしまう。居間の食卓の前に胡坐《あぐら》をかいて茶を飲んでいた父親がひょいと立ち上がったとき、何かが畳に落ちたようだった。勇は気付かなかったが、たまたま台所から出てきた姉がそれを見つけて、

「お父さん、何か落ちたよ」

とかがみ込んで指先で拾った。

「なにこれ、チョコレート？」

姉は鼻に近づけて呟いた。勇は隣の部屋から二人を何気なしに見ていたのだが、

姉の方を振り返った父親が姉の指先に顔を近づけて、

「あ、それは坐薬《ざやく》だ」

といったときには、もう笑いだしていた。姉は何のことだか分からずキョトンとしている。父親は姉の指先に挟まれている銃弾の形をした坐薬を摘《つま》んで首を傾げた。

「坐薬って、なんの？」

「痔《じ》だよ」

「げっ」

「おかしいな。普通は尻の穴にいったん入れたら出てこないようになっているんだがな」

坐薬の先端をしげしげと見つめて父親は呟いてから、顔をしかめている姉に向かってにっと笑った。

「これが畳に落ちていても拾って食べたりしてはだめだよ。チョコレートなんかじゃないんだからね」

「きったなーい」

姉は中学生のように跳びあがって洗面所に走っていった。父親は便所に向かい、勇はいつまでも笑っていたものだ。

だが、秋風を感じるようになってからは、父親に媚びを売る姉の姿をまったく見ることがなくなった。大笑いというより、馬鹿笑いに近い笑い声をたてて、裏庭から続くとうもろこし畑に潜む野良犬さえをも怯《おび》えさせていた姉の豪快な笑いが、影をひそめてしまったのだ。

これが世にいうロストバージンかな、と思いながら勇は姉を誘ってダンスホールに出向いていた男たちの顔を順に思い浮かべた。その中に、思いがけなく美雪の姉の目鼻立ちのくっきりとした顔が現われてきて、勇の心臓を鷲摑《わしづか》みにした。

姉はフラッパーのようでいて案外ウブで身持ちが固い。上品ぶっていてブルジョワ気取りでいるああいう女の方がよほど不道徳だ、と一人であわてながら勇は柄にもない言葉を胸の中で呟いていた。

そこへ父親の夜食をアトリエに運んで戻ってきた母親がやってきて、もうじき終電なので姉を迎えにいけといってきた。三日前のかけうどんのようにゆるんでいる母親だが、さすがに自分の腹を痛めた子の未来は気になるとみえて、危ないところで救うツボは心得ている。

勇は革のジャンパーをTシャツの上に着て家を出た。近頃、調布駅の周辺にはチンピラのような連中が出没していて、時々女性にちょっかいを出すので、男の迎えが必要になっていた。

改札口の柱に寄りかかって勇は出てくる客を眺めた。最終の一つ前の電車には姉は乗ってなくて、それから二十分後の十二時六分新宿発の最終電車にようやく姉の顔が見つかった。

柱の横から首を突き出して階段を上ってくる人々を眺めていた勇は、一計を案じて身体を柱の陰に忍ばせた。

最終電車から降りたのは全部で二十名足らずで、その内の半数の人がタクシーのラインに並ぶために駆け足で改札口を通り過ぎ、さらに七、八名の人たちは殺風景な広場を横切ったり、線路づたいに歩いていったりした。

地下道をくぐって南口に出たのは姉の他に赤い顔した中年の男だけだった。勇は二人のあとから線路下の地下道を歩いていった。姉の靴の踵《かかと》から、カツカツと小気味よい音が出て四方の壁に響き渡る。

酔った男が姉のお尻にもし触れるようなことがあれば殴り倒してやろうとチャンスを狙っていたのだが、男は存外小心者で、階段を上がるとそのままよたよたと暗い中に消えてしまった。

公民館のある広場はほの白い街灯がいくつか灯《とも》っている程度で、五メートル離れると人だか木立だか判別がつかなくなる程暗い。姉はその広大な闇の中を勇敢にも分け入っていく。勇は明らさまに靴音をたててあとをついていった。といっても、底がゴムなので音はそれ程響かない。

姉は後ろを気にしながら足を速めた。公民館のむこうには数軒の人家があるだけで、その後方には芋畑が広がっている。こらしめのつもりで改札口では身をかくしたのだが、さすがに怯えている姉が気の毒になった。

姉のすぐ背後までくっついて、おい、と勇は声をかけた。姉は身体を硬直させて立ち止まった。口の端から、ひっ、という息を吸い込む音が洩れた。

おれだよ、と勇はいって、姉の隣に立った。首を縮めた亀のように肩をすくめて目だけ横に向けた姉は、そこにいるのが弟だと分かると、空気の抜けたビニール人形のようにふわっと身体中を緩めた。

「勇だったの……ああ、よかった」

「おどかしてやろうと思ってよ、柱の陰に隠れていたんだ」

「黒い影が見えたから誰かいるなって思っていたの。後ろからつけてくる気配がしたからとてもこわかった」

　姉は白い顔を街灯の方に向けて大きく呼吸をくり返した。勇は、おや、と思った。これまでの姉だったら、そういういたずらに対しては、声をあげて怒るところなのだ。

「お袋が迎えに行けっていうから来たんだ」

「ありがとう」

　素直に頷いて勇の左腕に自分の手を差し入れて勇の歩調に合わせて歩きだした。その仕種《しぐさ》が妙に女っぽくて従順だった。

「姉貴、この頃変わったな」

「そう？」

「ああ。なんつうか、女らしくなったたな」

　左右に住宅の続く砂利道に出て勇は少し歩調を緩めた。あのね、という姉の声に緊張したものを感じて勇は思わず息を詰めた。

「あたしがもし家を出ることになっても、勇はずっと仲良くしてくれる？」

「するさ」

「本当に？」

「ああ。授業料を出してくれているのは姉貴だからな。誰がなんといっても姉貴の味方さ」

姉は黙り込んだ。勇の腕をとる姉の手に力が加わった。

高校時代の姉は、私立高校に通っていたこともあって三年間というもの授業料の支払いに苦しんでいた。二年生のときには丸一年間滞納して担任の先生を心配させた。芸術家気取りの父親が収入になる仕事を拒んでいたのが原因で、そのため姉は学校では同級生の陰湿ないじめにあって随分いやな思いをしたらしい。

それと同じ思いを弟にはさせたくないといって、高校を卒業して就職した姉は、一万二千円の給料の中から毎月三千円を勇のために出してくれていたのだ。その姉の思いを、勇は口には出していわなかったが、ずっと感謝していたのだ。

「だが、おれみたいな男がいうのもヘンだが、お袋を悲しませることだけはやめてほしいな」

「うん……」

「おれも餓鬼《がき》の頃は随分家出をしたものな」

父に殴られ、出ていけといわれると、小学生だったにもかかわらず、勇は家を出ると夜の中を一目散に駆け出したものだった。そして、ひゅうひゅうと音をたてて枝をしならせる神社の境内の木の下に蹲って、流れ出る涙を口の中に飲み込みながら、いつか本当に家を出て父親に復讐《ふくしゆう》してやる日のことを考えていた。

「勇にだけは本当のことをいうわ」

姉は暗い砂利道に視線を落として硬い声でいった。

「結婚したい人がいるの。明日か明後日《あさって》、お父さんに会わせるつもりなの」

やっぱり、と勇は思った。覚悟していたことなのに、胃の底に重たいものが沈み込んでくるのを感じた。胸の中が夕暮れのようになり、それはさみしさのせいなのだろうと思っていた。

「でもお父さんきっと反対するわ」

「そんなの分からないじゃないか。だいいち、あいつだって人格者とはいえないんだしよ」

「ううん、絶対だめだっていうに決まっているの。でも、そのときにはね、家を出るつもりなの」

それは少し一途《いちず》すぎる、と勇は思った。男に恋するあまり全てに盲目になっているのだ、と声に出して言いたかった。だが、姉の必死の表情から、何をいっても無駄であることが分かっていた。たった一度だが、性体験をしたことが、勇に客観的に人の心を見る目を少しだけ植えつけたようだった。

「いい男なのか」

「他の人はどう思うか分からないけれど、あたしにとってはとてもいい人」

本当にそうであればいい、と勇は心の中で祈った。神に祈る気持ちになったのは、生まれて初めてのことだった。

玄関を開けると、待ち構えていた母親が、おかえり、といって笑顔を二人に向けてきた。その苦労の多さを感じさせないふくよかな笑顔を見て、勇は胸の潰れる思いがして、思わず顔を伏せた。

五時過ぎまで『三国志《さんごくし》』を読んでいた勇は、金村が勉強を終えるのを見て本を書棚に返した。金村は広いテーブルの間を、少し身体を右に傾けて歩いてくる。神経を集中させて勉強していたせいか、頬が細くなったように見えた。

「大分熱心にやっていたな」

勇が訊くと金村は暗い目で頷いた。

「ああ。こんなふうに一年前からやっていたらと思うよ。数学なんか、まだ高一のレベルだもんな。やってもやっても追いつかないよ」

「焼きそばを食うか？」

「食う」

学校の図書館を出て靴を履きかえた二人は、並んで商店街を歩いた。空が暗く、空気が冷たい。今にも降りだしてくるようだった。

「小林は夏の予備校通いですごく実力がついたそうだな。みんな驚いていたぜ」

「そんなことはないさ。たった一ヶ月で成績が上がる程勉強は甘いものじゃないさ」

「だが、この間の英語の模試では文科系ではトップだったんだろ」

「文科系の半分以上は就職の決まった女の子だからな、本気で勉強してないのさ」

「小林はどんなふうにしてやったんだ？」

「女とか？」

勇の何気ない言い方に金村は面喰らった顔をした。しまった、と勇は腹の中でうめいた。話しながら、勇の気持ちは美雪の姉の上に落ちていたからだ。まっ白い下腹と、まるで小さな動物が貼りついているように見えた陰毛とが、フラッシュライトを浴びせられたように、この頃では何をしているときでも、不意に勇の頭に蘇ってくる。

「女って、何のことだよ」

「なんでもない」

「おれは英語の勉強の話をしているんだぜ」

「分かっている」

ああ！　と金村は女子高校の校門の前を通り過ぎざま悲鳴をあげた。何人かの女子高生が何事かと金村の方を振り向いた。

「おまえやったな！　体験したんだろ！」

周囲を無視して声を張り上げた。忍び笑いを洩らす子もいたが、本屋の前にいた女の子たちは啞然として二人を見ていた。

勇は背中一面まっ赤になって先に立って歩きだした。

「な、どんなやつとやったんだよ。どんなだったんだよ。いえよ」

金村はこうもりのように勇の周囲をはね回る。こいつは明らかに病気だと確信しながら勇は顔を引きしめて歩いた。

「丸暗記したんだ」

「えっ？　何を？」

「サブリーダーを丸暗記したんだよ。それだけだ」

「女とか？」

「女？」

勇は立ち止まり金村の顔をじっと見つめた。

「おまえはバカか。おれは英語の話をしているんだ」

先程の金村の言葉を盗んで勇は投げ返してやった。どこか人の好いところのある金村は混乱したように目をパチクリとさせた。

「少しはおれの立場も考えろ。いい年をしてハシャぐな」

勇は故意に尊大な態度をしていった。金村は気の毒なくらいに肩を落とした。

二人をやり過ごしていく女子高生たちは、もうむさ苦しい勇たちのことなど眼中になく、それぞれ女の子らしい話題をもち出しておしゃべりをしていく。

勇は急に冷めた気持ちになって歩き出した。自分たちだけがバカを演じているように思えたからだ。

四人掛けのテーブルが三つあるだけの、汚くて小さな焼きそば屋に入ると、二年生が七人、贅沢《ぜいたく》な座り方をして三つのテーブルを占領していた。

先に店に入った金村は、後ろ向きに座っている大柄の二年生の頭をげんこつで殴った。ぎょっとして振り向いた二年生の鼻の頭を、金村は人差指で弾《はじ》いた。

「店のお方が迷惑しているだろ。隅の方に座っていろ」

二人の二年生はあわてて別のテーブルに移った。勇と金村は空いた椅子に座り、大盛り焼きそばを注文した。勇と向かい合うと、金村は急に悩み多き受験生の顔になって表情を暗くさせた。

「おれんちの財力じゃあ、私大はとても無理だからな。といって、今の実力じゃあ国立なんか入れないしよ……」

「夜学という手もあるだろ」

「それはそうだけど、暗い上に余計暗くなる気がしないか」

「そうでもないさ。うちの高校の二部にも、かわいい子がいっぱい通ってきているぜ」

「よく見ているな、おまえ」

剣道部の練習を終えて下校をすると、丁度登校をしてくる二部の学生とすれ違う。二部は四年制なので勇より年上の女も多いと思うのだが、彼女等は薄く化粧をしているせいか昼間部の女子よりずっと垢抜《あかぬ》けしていてきれいだった。

「いちおう親父と話して、一浪の許可だけはもらったんだ。図書館通いになるけどな。それで駄目だったら運送屋に就職だ」

「先に就職して金を溜め、入学金や授業料を作る方法もあるじゃないか」

勇の発言に、金村は口を半開きにして見返してきた。

「なんつうか、小林はメゲない男だな。どんどん前に出てくるな」

「金村の話を聞いているとかったるくなるんだよ。初めから撤退を見込んで予定をたてているみたいだからな」

焼きそばが山のように盛られて二人の前に運ばれてきた。金村はすぐには箸を割らずに、そうか、と呟いて視線を落としていた。

「小林の話を聞いてはっきりしたよ。受験は口実で、おれはこのまま就職してしまうのがいやだっただけなんだよ。大学に入る気なんて、たぶん、なかったんだよ」

「しかし、勉強していたおまえの顔は、苦悩に満ちたショーペンハウエルみたいで、なかなか格好がよかったぞ」

そうか、といって金村は箸を割り、焼きそばの中に刺し込んだ。

三分の一ほど夢中で食べたところで、勇は金村を図書館で待っていた目的の質問を口にした。

「金村のお姉さんな、その後、どうした？」

ん？　と呟いて目を上げ、口をもぐもぐとさせてから、あのままさ、と金村はいった。

「あのままって、向こうの家を出たままなのか」

「放り出されたままなのさ」

「姉さんの旦那は迎えにこないのか？」

「入籍してなかったということは、いつでも捨てる気でいたからだよ。昔の足入れ婚と同じさ。いくら帰化しても、朝鮮人は朝鮮人なのさ」

「おれは金村は金村としか思っていないぞ」

「ああ、小林はそうだよ。おまえにはもう少し同情的に見てもらいたいくらいだよ。おまえは人種に対するこだわりがなさすぎるからな」

その通り、自分は少し大雑把すぎるのだ、と勇は考えていた。美雪から連絡が跡絶《とだ》えているのも、女に対する扱いが雑で無神経だからだろうと推察していた。だが、反省する気には少しもなれなかった。

「金村の姉さん、その大会社の御曹司《おんぞうし》とどうやって知り合ったんだ？」

「もういいじゃねえかそんなこと。すんだことなんだからよ」

「頼む、教えてくれよ」

勇の要請に、金村はあえぐように口を開いて首を回してから、パーティの仕出屋をやっていて会ったんだ、とぶっきら棒にいった。

「パーティの仕出屋たあ、何のことだ」

仕出屋というのは弁当屋のことだろうと見当をつけながら勇は訊き返した。金村は山盛りの焼きそばに顔を埋めるようにして箸を動かしながら、それは会社のパーティのときなどに会場にいって、客の接待をする仕事なのだと説明した。

「つまり、ホステスみたいなものだな」

「そういう言い方をすると姉ちゃんは怒るんだ。コンパニオンと一部では呼ばれているらしい」

「おまえの姉さんは何かのパーティで御曹司と会い、見初《みそ》められたわけだ」

「見初められたっつうか、引っかけられたのさ」

「だが、結婚したいといってきたんだろ、その御曹司は」

「いや、みんな姉ちゃんが勝手に決めたことなんだ。親父は釣り合わないって反対したからな。姉ちゃんは、身一つで家を飛びだしたんだ。あれだけの男に一緒に住もうっていわれれば誰だってその気になるよ」

「おまえはどう思った？」

「反対したってしょうがないだろ。おれの意見なんか聞くわけないしよ」

「姉弟の縁を切るっていったらどうしただろうな」

「切る方を選んださ。ああいうときの女は何をいっても無駄さ。よく分かったよ。宗教にかぶれちまったようなもんだよ。反対すればするだけムキになるんだ」

焼きそばの向こうから目を上げ、なぜそんなこと訊くんだ、と金村はいった。頭の中では姉の状況を説明していたが、実際に勇の口から出た言葉は、うん、というひと言だけだった。


家に戻ると玄関に見慣れない革靴が一組そろえて置かれていた。先の尖った流行の靴で、これで急所を蹴り上げられたらたまったものではないな、と思いながら勇は敷居に上った。だが、靴を脱ぎきらない内に膝を上げてしまったので、先っぽが敷居の角に引っかかり、その拍子に脛をいやというほど程ぶつけてしまった。

自分自身はいつも物事に動じることのない、酷薄な人間であると思い込んでいたのだが、現状をかんがみると、存外冷静さを失っているらしい。

勇は脛を撫でながら廊下を進みだした。靴の主が姉のいう、「お父さんはきっと反対する」人であることは明らかだった。

居間を通り過ぎながら、顔を向けた。開け放った襖の向こうに、姉と若い男がかしこまって座っている。テーブルを挟んで父親が腕組みをしている。

お、と勇は声を出した。父親が顔をあげ、おや、というように勇を見返した。気むずかしい顔をいつも貼りつけている父親にしては珍しく表情があり、勇は狐につままれた感じをもった。

若い男はチラリと横目で勇を窺ったが、反応があったわけではなく、正座したまま上体を前のめり気味に伸ばして、テーブルの上に視線をあてている。

姉も勇の方に目を向けたが何もいわない。強張った顔をしているところを見ると、姉の想像した通り、交渉は難航しているのだろう。

テーブルには一枚の紙が置かれていたが、それが何であるのか確認する前に、勇の足は居間の前を通り過ぎてしまっていた。

自分の机のある部屋に入ってまず鞄を置き、詰襟の学生服を脱いだ。トレーニングパンツに穿きかえながら、隣室からの声を聞き取ろうと耳をそばだてたが、何も聞こえてこない。

とりあえず座蒲団を枕にして寝転び、息を殺した。そうしながら、今見たばかりの男の顔を頭の中に思い浮かべてみた。初めて見る顔だったが、印象は悪くはない。眉は薄いが目が二重で大きい。鼻は高い方ではない。顔に置かれた目鼻口の配置がよいので端整な感じがある。まずは男前の口だ。

勇が通り過ぎたとき、男は勇に向かって挨拶をする気配すら見せなかった。余裕がなかったのだろう。だが、そこに男の度量の狭さを感じて少しイヤな気分になった。あの男を将来、「お兄さん」と呼べるかと自問したとき、呼べない、と即座に自分の気持ちの中で答えが返ってきたからである。

「お父さんが反対しても、あたしは松本《まつもと》さんと結婚します。彼のご両親にも、そのことは伝えました」

姉の声が闇の中を走る閃光《せんこう》のように、リンと響いてきた。つい先日まで父親とじゃれ合い、笑い転げていた姉が、まるで決闘を申し込むような口調で父親に向かって喋っている。それに、姉が「……します」と丁寧語を身内に使うのは初めて聞いた。隣室にいるのは姉ではない、全然赤の他人のような気がした。

「お願いします」

男が口を開いた。その声の調子はどこか間延びしていて、切実感に欠けている。たぶん、声が女のように軽く、重味がないせいなのだろう。

父親の返答は聞こえない。腕組みをしながら黙っているのだろう。もし、自分が父親の立場だったらどうするか、と考えてみた。娘の幸せを願うのは当然だが、目の前にいる男がそれを叶《かな》えてくれるかというと疑問な気がした。といって、言下に反対するのは忍びない。かえって娘の反発を招く。やはり、むつかしいところだ。

「いきなり結婚ということを決めることもないだろう」

父親は普段の調子で答えた。

「では、どうすればいいというの？」

「もうしばらくつき合ってみて、結婚するかどうか決めればいいだろう。出会って二ヶ月足らずで決めるのは、早すぎる」

「米山里子《よねやまさとこ》はわずか十分で結婚を決めたわ」

「そういうことをいっているのではない。急いで結論を出すなといっているのだ。二十一歳と二十歳では、若すぎる」

「若いから駄目だというのでは論理が通りません。あたしはいい加減な気持ちで松本さんとつき合っているのではないわ。結婚したいと思ったからつき合っているのよ」

「知子《ともこ》の気持ちは分かる。だが、急ぎすぎてはいかん。お母さんも驚くだろう」

「お母さんにはもう伝えてあります。いいっていってくれました」

いいといったのではなく、よく考えて自分の道を選びなさいと母親はいったのだ。昨夜の二人の会話を聞いていた勇は、自分たちの家族が、今までののんべんだらりとした生活とは違う、何か緊迫した世界に覆われだしたのを感じていた。

「あたしは……」と言いだした姉の声が涙声になっていた。その感情の動きの早さに勇は感心した。

「みんなから祝福されて結婚したいと願っているの。お父さんに彼と会ってもらったのは、よかった、といってほしかったからなのよ。許しを得たいからではないのよ。結婚するのはあたしなの。そのことはもう決めているの。駄目だというのなら、あたし家を出ます。お父さんに祝ってもらわなくても結構よ」

姉が立ち上がる気配がした。足音が響き、いきなり姉が部屋に入ってきた。勇は反射的に上体を起こした。姉は勇には見向きもせずにタンスを開け、スーツケースを取り出した。それをもって部屋を出ていこうとした。

「なんだ、もう用意してあったのか」

「こうなることは分かっていたもん」

「それじゃあ初めから喧嘩するつもりだったんじゃねえか」

姉は泣き腫らしたような赤い目を向けて洟を啜り上げた。

「お父さんが反対するのは、松本さんが若すぎるからじゃないの。彼が中学しか出ていない工員だからなのよ。そんなの職業差別よ。職業に貴賤《きせん》はないはずだわ」

「どこに行く気だよ」

「おじいちゃん、おばあちゃんのとこ」

「やつらは天国だぜ」

「だから京都に二人でお参りに行くのよ」

姉は廊下に足を踏み出して、もう一度顔を部屋の中に向けて、さよなら、と小声でいった。その目が再び潤み出した。

「お袋には何ていうんだ。京都から東京に戻ってきたらどこに住むんだ」

立ち上がりかけたとき、松本が現われて姉の手を取り、まずいよ、家を出るのは、と頼りなげな顔をして呟いた。それから勇の方を向いて、首を突き出した。それが松本の挨拶の仕方だと思うと情けない気がしたが、いちおう姉にとっては大切な人なので、どうも、といって勇はぺこりと頭を下げた。

「あんたにはあとから連絡するから。お母さんには心配しないようにいっておいて」

姉はそう言い捨てて、一人でさっさと玄関に向かっていった。松本は父親に何事か言葉を残して姉の後を追っていった。

玄関に向かおうとした勇は思い返して畳に寝転んだ。姉が、今まで知っていたひょうきんで、明るくて、家族思いの姉とは違ってしまったことに気付いたからだ。そうなったのは松本という男が原因なのに、彼からは姉と釣り合うような情熱のほとばしりが感じられなかった。たぶん、男も思い詰めてはいるのだろうが、今は一方的に姉がことをすすめ、見方によってはヒステリックになっている印象が強いために、男がくだらないものに思えてしまうのかもしれなかった。

姉は本当に家を出ていくのか。明らさまに男と手に手を取って京都に行こうというのか。

姉と一緒に写っている幼児期の写真が勇の脳裏に浮かび上がってきた。勇はまだ三歳にも満たず、小学生になったばかりの姉が、怯えている勇をかばうように肩に手を回している写真だ。

あの姉が、家族を捨てて、あの男と一緒になるというのか。

勇が感じたのは、姉のひたむきさではなく、またそれを感心する思いでもなかった。寂寥感《せきりょうかん》が深く勇の胸の中にしみ込んでいた。女になった姉を目のあたりにするのは悲しく、これまでのよさを失ってしまった姉の姿を見せられたことに、痛みを覚えた。

玄関のドアが閉じられ、二人の熱気が遠ざかっていった。隣室の父親も、一人で胸を悩ませているはずだ。勇は父親のところへも行く気がしなかった。畳に寝転びながら、自分には姉という肉親がいなくなってしまったのだと思い続けていた。

道場へ行く仕度をしていると、畳に薄く人影が映った。目を上げると父親が立っていた。髪がパサパサに乾いている。その左右に割れた髪の間から青く錆びついた銅刀のような目を覗かせて、勇の方を見ていた。

勇はちょっと驚いた。父親の雰囲気が、肺を病んだ素浪人のように思えた。父親は数秒間何もいわずに突っ立って勇のすることを見つめていた。防具入れの紐を結び終わると、まだやっていたのか、とぼそりといった。えっ、と勇は訊き返した。

「まだ剣道をやっていたのか」

「ああ、道場では続けていたさ」

「三段になったそうだな」

生気の乏しい顔を向けて、自分の胸の内に呟くように父親はいった。それは五ヶ月も前のことで、今頃いわれてもピンとこない。勇は、ああとだけ返事をして立ち上がった。

「知子の居処《いどころ》を知っているか」

父親の目が勇をとらえた。青味が消えて、暗い洞穴のように空洞が奥に広がっているように思えた。

だいたいの場所しか知らない、と勇は答えた。京都にお墓参りに行くと唐突なことを口にしていたが、本当に行ったのかさえ勇は知らなかった。スーツケースを携えた姉が家を出て、すでに四日経ったが、姉が直接家に電話をかけてきたことはなかった。勇が口をきいたのは姉の高校時代からの友人で、姉は彼女の家に厄介になっているようだった。母親が比較的落ちついた様子をしているのは、姉が松本という男と二人だけで暮らしているのではないことを知っているからだろうと勇は推察していた。両親の間で、姉のことがどのように相談されているのか、勇は全く知らなかった。

「見つけ出して家に連れ戻してきてくれ。言いたいことがある」

屹然《きつぜん》とした態度になって勇を見つめた。二年前までほぼ同じ高さにあった視線は、今では十センチ以上も低いところにある。父親が急に老けたように感じられて、勇はなんだか自分の気持ちまで萎《しな》びたように思えることがよくあったのだが、今夜の父親からは心の内に秘められた迫力が伸びてきていて、勇の気持ちをも緊張させるものがあった。

「おれがいったって戻ってきやしないよ。親父が直接行けばいい」

「仕事がある。一分一秒でもおしい」

父親が、ほとんど不眠不休で、個展にむけて絵筆を動かしているのは知っていた。

「無理だよ。姉貴は頑固だからな、いったん決めた以上、だれが何いっても無駄さ」

「では伝えてくれ。結婚は赦《ゆる》す」

不精ひげの生えた唇の周りが盛り上がり、意外な言葉が吐き出された。

「ただし、二年後だ。結納《ゆいのう》は無用。今のうちから式場の予約をしたければするがよいとな」

「二年後……」

「そう、二年後だ。その間、お互いの自由は束縛してはいけない」

「分かった。明日、午後から捜しにいってみるよ」

勇はそれだけいって父親の傍らを通り過ぎた。父親はずっと姉のことに心を悩ませていたに違いない。その結論については、二年後、という条件の意味はよく分からないものの、勇にも充分納得がいくものだった。

親父の言葉を伝えるとき、あの松本というやつがその場にいなければいいのだが。

道場に向かう道すがら、ごく自然にそういうふうに考えている自分に気付いて、勇は愕然《がくぜん》とした。なぜだか、あの男が気に入らなかった。その気持ちの中には、男がどういう奴だということよりも、姉の心を奪ってしまった奴、という感情があることを否定できなかった。

自分もやはり、心の狭い人間なのだろうか、そう思うことを少し悔しく感じながら、月が照らす砂利道を、ぽくぽくと歩いていった。

ポチ、というのが女のニックネームだった。姉はその女に全ての事情を話したようで、勇が幡ケ谷《はたがや》にあるポチの家を捜しあてて呼び鈴を鳴らすと、「はーい」という元気な返事と共に、二階からドタドタと足音を響かせて女が降りてきた。そして、勇の顔を見るなり「お姉さんは大丈夫よ。あたしがちゃんと守ってあげているから」と、気風《きっぷ》のいい花柳界《かりゅうかい》の女のように、ポンと自分の胸を叩いてみせた。

ポチという名が示すように、女は小柄で目が可愛い。いわゆる愛嬌のある顔というやつで、口もなめらかなので高校時代はさぞかしクラスの人気者であったろうと思われた。

「知子の貞操の番人なのよ、あたしは」

土曜日なので学校は午前中だけで終わった。勇が昼食をまだすませていないと知ると、ポチはてきぱきと焼き飯を作ってくれた。それを食べていると、不意にポチがそういったのだ。

勇は顔をあげてポチを見た。ポチの大きな目がまるで実の弟を見るようにいとおし気に勇を見て微笑んでいる。

「知子がね、お父さんにタンカ切って出てきたと聞いてびっくりしちゃった。あんなことをいっては、だれだって、もう知子は松本にメロメロだと思ってしまうでしょ。やられた女のはかなさか、なんて男の人は思うはずよね。でも、知子はしっかり守っているのよ」

ポチは屈託のない顔でよどみなく喋る。勇はどういっていいか分からず、ただ黙って女のよく動く、濡れた唇を眺めていた。それ自体が生命力をもった個体で、そこに脳があって言葉を放っているように感じられた。

「松本ってのは、ああみえても純情なのよ。ちょっと見栄坊なところがあるから、あいつの友人たちは『女は松本』なんていっておだてているけどね。ほんとはプレイボーイなんかじゃないの。知子が怒ると、ビビッてシュンとしちゃうんだから、あれじゃ手ェ出せないわけよ」

テーブルに肘をつき、上体を前後に揺すってポチはいう。聞きながら、そうだったのかと勇は思っていた。といって、安心したという気持ちでもない。姉と松本の間に性交渉がなかったとしても、姉の態度の変貌は頭に焼きついていたからだ。その気持ちは本当なのだと思うと、姉の感情が、大人の女のものへと「進化」してしまったことへのわだかまりが、勇の中にはまだ残されていた。初体験はすませても、職業をもっていない自分はまだまだ子供だという意識があったからである。

「あたしたちの高校の演劇祭に来てくれたとき、勇クン、大評判だったのよ」

突然ポチがそう言いだしたので、勇は動揺した。すぐに戻ってくるという姉は一時間たっても帰ってこないし、この家にはどうやらポチと自分しかいないらしいと知り、居心地の悪さを感じはじめていたからである。

「カッコイイんで、控室では勇クンの噂で持ちきりだったのよ」

テーブルを挟んでポチの首が伸びてくる。化粧気がなく童顔なので同い歳くらいに思えてくる。色っぽさはないが、勇の心臓はポチの目と合うたびに激しくはね上がる。彼女の顔の背後に、水沢美雪の姉の肢体が見え隠れするためだ。

「あたしのお母さんはね、もと芸者なのよ」

食べ終わった勇の食器を片づけているときに、ポチはそんなことを口にしだした。

「今は引退してスナックをしているけどね。だからお母さんは男の人を見る目があるの。松本をウブでかわいいといったのもお母さんよ」

元芸者という女が、今はどんな様子になっているのか想像がつかなかったが、先程ポチと会った瞬間、花柳界、という言葉がとっさに勇の胸に浮かんだことを思い出して、勇は一人で納得していた。

「でもね、あたしは勇クンの方がずっと素敵だと思うわよ。目がいいもの。強くって、それでいてさみしい目をしているわ。女はそういう目には弱いものよ」

皿を洗いながら時々勇の方を振り返って声高に喋る。勇はますます居心地が悪くなって肩をすぼめた。ただし、悪い気はしなかった。

「ねえ、勇クン、将来は何になるの？」

手を拭いながらポチは嬉《うれ》しそうに笑ってそういった。勇はただ面喰らっていた。

「ねえ、新劇の役者なんてどう。舞台映えすると思うな、きっと」

姉の友達はどうしてこう役者かぶれが多いのだろう、とうんざりした。

「勇クンておとなしいのね。ね、どんな声しているの？　何か歌ってみてくれる？」

ポチの無邪気さにはついていけず、勇はとうとう笑い出した。勇を喋れなくさせていたのは一人でお喋りをしていたポチのせいだ。それに歌ってみろという発想が突飛で、とても三歳も年上の人だとは思えない。

勝手口のドアが開いて姉が顔を覗かせた。勇を見て、あら来てたの？　と、さして驚いた表情も見せずにいって床に上がってきた。

「何笑っているの？」

姉はすっきりとした表情をして訊いた。勇はさっそく父親からの伝言を伝えようと、頭の中で父親の言葉を復唱しだした。そこへ姉のあとから松本の顔が出てきた。勇はなんだか胸の潰れる思いがして、父親の言葉を伝えるのがいやになってしまった。

「やあ、先日はどうも。親父さん、なんかいってた？」

松本は買い物してきた袋を流し台に置いて如才なく笑った。それから袋の中からビール壜《びん》を取り出し、栓を抜いてテーブルに置いた。

「昼間から飲むなんて、だらしないことやめなさいよ」

「いいじゃないか、明日は休みなんだしさ」

姉にいわれて松本はすねたように肩を揺すって姉を睨み返した。ポチが姉の代わりにグラスをもってきてテーブルに置き、勇クンも飲む？と訊いてきた。勇は頭を横に振った。松本は自分でグラスにビールを注ぎ、たて続けに二杯飲んだ。

「剣道やっているんだって？」

少し赤い眼をして松本は訊いてきた。先日とは随分違う松本の雰囲気に戸惑いながら、はあ、と勇は答えた。

「剣道はいいよ。おれも学校時代やっていたんだ。いいかい、竹刀を構えたら、こうきっ先を相手の喉に据えて睨みをきかすんだぜ。絶対目を離しちゃいけないんだ」

それから松本は、どうすれば相手の隙を誘い出すことができるか、とペラペラと喋りだした。五日前に、彼が父親に渡した履歴書が、居間の食卓の上に置かれたままになっていたのを読んだ勇は、松本の剣道経験が中学の一年間だけであるのを知っていた。それでも、彼の剣道講釈に相槌を打っていたのは、姉に対する遠慮のためだった。

「もうやめなさいよ。弟は東京都代表でインターハイに出場したのよ。そんなことくらい分かっているわよ」

姉があきれ果てた顔でいうと、松本はぎょっとしたように身体を硬直させて勇を睨み返した。そのあとで松本は急に、おれは今空手をやっている、と言いだした。これはたまらんと思った勇は松本の前から立ち上がり、お勝手に立ってじゃが芋をむいていた姉に声をかけた。

「親父からの伝言があるんだ」

姉はそれを聞いてはっとしたように振り返り、勇の目に見入った。それから視線を落とし、白く粉を吹いたような頰を横に向けて頷いた。

「二人の結婚を赦すってさ」

姉は肩をビリッと震わせて目を上げ、台所の窓を見つめた。その目が涙でみるみる潤むのを見ながら、勇はつとめて気を落ちつかせて次の言葉を口にした。

「ただし、二年後に結婚しろということだった。その理由はおれには分からないけど、今すぐ式場を予約したければしろといっていた」

「わあ、知子、よかったじゃない」

ポチが台所の床の上で跳び上がって姉の肩を叩いた。棚に載せられてあった鍋類が、その振動でガチャガチャと音をたてた。

姉はもう一度頷き、包丁をまな板の上に置き、手の甲で目を拭った。

「親父さん賛成してくれたか。いやあ、あんときはずっと黙ってんだもんな、まいったよ。ようし、結婚だあ、前祝いだあ」

松本は背中を向けたままビールの入ったグラスを持ち上げて気勢をあげた。

「二年後だよ」

と勇はいった。騒いでいる松本の耳には届かず、彼は式場の名前をいくつか挙げながら新しいビールの栓を抜いた。彼をたしなめると思った姉は、恋人の方に赤い目を向けて、うっとりと微笑んでいた。

勇は佇んでいる床が抜けて、虚空に落ちていくような失墜感を味わった。結婚という言葉は、理性的な姉をここまで狂わせてしまうものかと残念に思った。

「松本さん、ちょっと、松本さん、聞いてくれよ」

勇は声高に叫び声をあげてはしゃいでいる松本に声をかけた。姉とポチが同じように大きな目を見開いて勇を見た。椅子に座ったまま、松本は上体を三人の方に向けた。

「結婚は二年後。結納はしない。それと、結婚までの二年間、お互いの自由を束縛しないこと、これが親父からの伝言だ」

伝えながら、それまで理解できなかった父親の気持ちを、勇は分かったように思えてきた。

二年後、と条件をつけたのは、熱した姉の感情を平静に戻す必要があったからなのだろう。二年経《た》てば、姉も相手の男をもっと冷めた目で見ることができるはずだ。

自由でいろ、といったのは、その二年の間にさまざまな出会いを経験しろということなのだ。一人の男だけに縛られてはいかん、という父親の愛情の表現なのだろう。

　あいつもやるもんだ、と勇は思って憔悴《しょうすい》した父親の顔を思い浮かべて嘆息した。

「よう、みんなで騒ごうよ。おれも結婚となりゃ、あんな会社にいつまでもいないぞ。いずれ商売をやってさ、大きく儲《もう》けてやるんだ」

　松本がグラスを持って立ち上がり、三人の方によろよろと寄ってきた。勇は松本の顔に視線をあて、はっきりと声を放った。

「姉貴、おれはこんな奴を兄貴とは呼びたくないぜ。これだけはいっておくよ」

　姉は目を見張った。なにいうの、と凍った声を出し、勇の腕を取った。松本は棒立ちになった。

「確かに、職業に貴賤はないよ。学歴より人柄の方が大切さ。だがよ、おれはこの人を軽蔑するよ」

「勇、やめなさい」

「姉貴……」

　勇は姉をじっと見つめた。悲しみが霧のように湧き上がってきた。姉の黒い瞳に、少女時代の利発な顔が映って見えた。

「……おれだってえばれたもんじゃない。でもな、おれは、ちゃらんぽらんで大口を叩く奴が嫌いなんだ」

「……やめてよ」

「今は明治や大正の時代じゃないんだ。昔は家が貧しくて、学校に行けなくて悔しい思いをした人がたくさんいただろう。だがよ、今は違うんだ。本当に高校に行きたければ夜学に通うことだってできるんだ。勉強なんかくだらないとわめいている奴に限って、勉強ができずに嫌いになっただけの奴が多いんだ。えらそうにいっているけど、みんな自分のできの悪さをカモフラージュしているだけなんだ」

「勇、もういいわよ」

「おれの気持ちを伝えたよ」

勇はそういって三人を置いて家を出た。高揚しだした三人の顔は、気の抜けた炭酸水を飲んだように静まり返っていた。

外に出た勇は、電信柱を殴りつけた。痛みが腕の付け根にまで響いてきた。それから、クソッ！ と喚《わめ》いて自分の頬をげんこつで殴った。見上げた空が河の表面のように流れ出した。

古都の底冷え

「もしあの日、あの人が待ち合わせの京都駅に来てくれていたら、ぼくたちは結婚していたと思うんだ」

大阪駅構内の狭い喫茶店で、叔父の小林修造がそういっていた言葉が、汽車に乗り込んだ勇の胸に蘇ってきた。

十八年前のその日のことを叔父は今でも鮮明に覚えていて、東京までの二人分の切符がいくらで、準急券が一枚百円であったということも口にしていた。

駆け落ちまがいのその旅立ちを、今になって叔父が何故喋りだしたのか、勇には分からなかった。叔父が大阪に戻ったのは正式に離婚の話し合いをするためで、子供達との恐らく最後になるクリスマスを過ごしたばかりだった。

受験、受験とがなりたてる教師や蒼《あお》ざめている級友達にうんざりしていた勇は、二学期最後の日を欠席して、叔父の離婚話に便乗する形で大阪にやってきたのだ。従姉妹《いとこ》とのクリスマスの夜は、あまり居心地のよいものではなかったが、往復の旅費がただになることを思えば辛抱ができた。その上、滞在していた二日間で、念願のパチプロ気分を味わい、三千円近い所得を懐中に収めたのだから、まずはあっぱれな大阪遠征といえた。

叔父のいう「あの人」とは、離婚の原因になった取引先の受付嬢とはまったく無関係の、叔父がまだ独身時代の恋人だった人だ。

京都の四条で甘味喫茶を営んでいるその大野さんとは、一年半前の夏に会ったきりで、その後音信が跡絶えていた。もっともその娘の梓や梓の叔母の豆つるにさんざん世話になりながら、葉書一枚出さずに打っちゃっておいた勇の不精が悪いのであって、大野母子には罪がない。

別れ際に「なんでうちが今さら男に媚売って生きなあかんの！」といった一歳年下の梓の気負った、それでいて妙にすずし気な表情を時折思い出すことがあったが、かといって「またお会いしましょう」とよそいきな文面で手紙を書く気にはなれなかった。梓の元気な様子にも圧倒されたし、彼女は本当は叔父の子供なのではないか、という疑いを拭い去らせることができなかったからだ。

叔父にそのことを問い質《ただ》したことはない。だが叔父はそんなことはまったく疑っていない様子で、駅構内の喫茶店でも、若き日の大野さんがどれ程美人で、西陣の若旦那衆の気を引いたことかということを、眼鏡の奥の眼尻を下げて懐かしそうに喋っていた。

離婚をしたばかりだというのに、そんな昔の女の話をするなんて、大人の考えていることはどうもよく分からない、と思いながら勇は大野さんの顔を思い浮かべ、今では普通のおばさんじゃないかと声には出さずに呟いていた。

大阪からそのまま東京まで帰るつもりだったのが、ふらふらと京都駅で降りてしまったのは、大野さん母子に会いたいと思ったからではない。

東京都区内行きの切符を詳細に見ると、当日を含めて通用三日間とあり、それでは二、三時間、市内をぶらついてみるかと考えてみたに過ぎない。

八坂神社を避けたのは、気紛れを起こして「かえで」に立ち寄ったりしてはまずいという配慮が働いたためだ。今さら顔を出したところで、一体どんな挨拶をしたらよいのか分からない。

だが、バスに乗って南禅寺《なんぜんじ》に行き、冬枯れの境内を歩き、寺の前の料理屋で湯豆腐を食べながら熱燗《あつかん》なんぞを飲んでいる暢気な親爺達を眺めている内に、勇の胸の内に怒りの炎が立ち始めた。

このすぐ先に、山本ミドリの家がある。そう思い出したからだ。

一年半前に彼女から受けた仕打ちは、思い出すのは嫌だったが、決して忘れることはなかった。

歴史の勉強をしている最中に京都に触れる文章に出会うと、山本ミドリの顔が暗い中で灯るぼんぼりのように浮かび上がる。クラスで誰かが、女の子にすっぽかされた、と話すのを耳にすると、条件反射のように山本ミドリの丸いあどけない顔が思い出されてくる。そしてきまって、勇は不快な気分に陥ってしまうのだ。

旅先の妻籠での出会いは旅人同士の偶然だが、文通もし、お互いに気心も知れ、青春の悩みというものなんぞも手紙に書き合っている内に、あの娘に会いたい、と勇が思うようになったのは自然の心の流れだった。

「是非一度京都に来て下さい。ご案内します」

と書かれた手紙を前にした勇が、これはあなたに会いたいという彼女のせつなる思いなのだ、と解釈して突然京都にやってきたのは勇の早とちりだったかもしれないが、何も居留守を使った上に、門前払いを食らわすことはなかろうと、思い出すたびに憤慨してしまう。

南禅寺から北の方に歩いていきながら、こんなことでは、今後何十年間か、京都へ来るたびに不愉快になる。あの無神経な女一人のために京都の女全部に対して偏見を持ってしまうのはやりきれない。大人になって京女との恋愛ができないのはいかにも悲しい。

ここはひとつ、あの女と直接対決して、おとしまえをつける必要がある。何もいわずに一発ぶん殴るだけでもすっきりする。そうすれば新たなる女の子との恋物語もスタートすることができる。

ようし、こうなったら是が非でもあいつと会って真意を質してやる。もしまた門前払いを食らわせたら門の前で待ち伏せをしてやる。京の女狐《めぎつね》に対して東男《あずまおとこ》は腕力と気迫でいかなくては太刀打ちできない。

そう思って歩いていると、どんどん足が速くなる。気分が高揚してきて、自分が本当に京に乗り込んできた鎌倉《かまくら》武士のように思えてくる。

左折して永観堂《えいかんどう》前に出ると、折よく北へ上るバスが来た。このまま怒りにまかせて歩いていってもよいと思ったが、それでは疲れてしまって戦さに支障が出ると思い直してバスに乗った。

乗っている間はどこで降りるというようなことなど考えてもいなかったが、一乗寺木ノ本町、という停留所名を聞くとすぐさま身体が反応したのには、自分ながらに驚いた。意識の底では、山本ミドリのことを相当憎んでいたのだなと思い直して、普段はあまり表面に顔を出してこない自分の中のもう一つの性格を覗いて、少し無気味に感じた。

バスを降りて住宅街を歩き出した。二時少し前で太陽は勇の斜め後方から射してくる。晴れているが空気は氷の粒をピンと張りめぐらせたように冷たい。

顔を上げると詩仙堂《しせんどう》のある山の茂みが目に入った。そちらに目をすえながら、せっかく湧き上がった怒りの蒸気が拡散してしまわないことを祈った。憤りがなくなっては、ミドリの前に立って怨みをぶつけることができなくなってしまうと感じていたからだ。

一年半前歩いたときには建築中だった家はもう立派にでき上がって人が住んでいる。野原だったところにも家が建っている。あれ程茫然自失としてミドリの家の前から帰ってきたのに、周囲の景色をしっかり目にとめていたことに勇は感心していた。

門の前に立ち、呼吸を整えた。山本、と書かれた表札を睨み、怒りを下腹の周辺に集める工夫を凝らした。剣道の試合で、蹲踞の姿勢から立ち上がって構えると、相手の身体から出る気迫に圧倒されて気後れしてしまうことがある。そういうとき、勇は相手の間合いからいったん離れて、少しずつ間合いを自分のものとして詰めていきながら、体内のあちこちに散っていた怒りの粒をかき集める努力をするのだ。それが腹の底に溜まれば、気迫が鋭い眼光となって目から発せられるのだ。

気持ちが落ちつくと胸の高鳴りは収まった。勇は静かに呼び鈴に手を伸ばした。前庭を隔てて、室内にチャイムが鳴り響くのが聞こえた。

すると、どこからか犬の鳴き声がした。前のときも犬が鳴いていたなと思っていると、不意に、どちらはんですか、という若い娘の声がインターホンを通して聞こえてきた。

誰でもいいから人間と面と向かって睨み合いたいと気合を込めていたため、勇は少し意表をつかれて狼狽した。一つ大きく息を吸って、えへん、と声を出すと、不思議なほど冷めた気分になった。

「東京から来た小林勇という者です。山本ミドリさんとお会いしたいのです」

――お姉ちゃんなら、今いてへんのですけど。

「何時に戻られますか」

——さあ。もう戻ってくると思いますけど。……あの、どんなご用ですやろ。

ぶん殴りに来たんだ、という言葉を飲み込んで、勇は怒りにまかせて大声を放った。

「東京から訪ねて来ているのに、インターホン越しに話すとは失礼じゃないか！」

勇の剣幕に驚いた娘は、一瞬声を失ったらしかった。すんません、という声に怯えが走った。玄関のドアが開かれたのはそれから数十秒たったあとで、勇はまだ顔に怒りを張り巡らせて突っ立っていた。

赤いセーターを着た小柄な娘は恐る恐る近づいてきて、格子のドア越しに頭を下げた。姉のミドリより細面で、色が白い。まだ子供時代の容貌を残していて、細い骨についている肉にも弾力がない。

「すんません。一人で留守番していたものですから……」

幼い顔の割には言葉遣いは丁寧だった。勇は娘をこわがらせてしまったことをちょっと後悔したが、ここでひよってはいけないという気持ちが克《か》って、格子の戸に手を伸ばした。

「どうしても直接会って話したいことがあるんだ。何時に戻るんですか」

格子の戸を開けると、娘の表情はさらに緊張を増した。

「予備校に行ってるんです。今日は五時限やから、寄り道さえせえへんかったら、もう帰って来やると思うんですけど……」

「じゃあ、あとでもう一度来る。おたくの電話番号は、いくつ？」

娘は口ごもった。

「いやなら教えなくていい。それじゃ」

勇は自分から娘を突き放して戸の前から離れた。取り残された娘は肩をすくめて佇んでいる。勇は再び気の毒に思ったが、居留守の上に門前払いだ、と胸に言いきかせて白川通《しらかわどおり》まで戻った。

腹が減っていたが、あたりに食堂はない。駄菓子屋が一軒あり、冬山で遭難した山男がチョコレートを食べて飢えをしのいだ、という話を思い出して、小粒のチョコがいっぱい詰まっているやつを一袋買った。それをポリポリと噛みながら、果たして山本ミドリは、自分の顔を覚えているだろうかと考えた。

顔は覚えているだろう。しかし、名前はすんなりとは出てこないかもしれない。もう勇のことなどすっかり忘れてしまっている可能性もある。

昨年の夏、東京に戻ると、山本ミドリから封筒が届いていて、せっかく訪ねてきてくれたのに、親戚の家に行っていて申し訳ないことをしました。今度来られるときは必ず市内を案内するので事前に連絡してほしい、と書き添えてあった。

よくもまあこんな嘘が平気で書けるものだと憤慨した勇は、すぐに葉書を送りつけた。

「拝啓

君も君のおかあさんも大嘘つきだ。あの日、君が家にいたことをオレは知っている。声が聞こえた。どういうつもりで居留守を使ったのか知らないが、泥棒になれるぞ。

小林勇」

それきりミドリからの返信はなく、文通は跡絶えた。絶縁状のつもりで葉書を書いたのは事実だが、もう一度あやまりの手紙が来ることを半分期待もしていた。ひと月たっても何の音沙汰もなく、翌年の正月の年賀状の束の中にも山本ミドリの名は発見できず、勇は虚《むな》しい気持ちになった。

相手の仕打ちに対して不快の念を抱くと共に、自分の行為にも偏狭なものを感じて後味が悪かったせいだ。

それきり彼女のことは念頭から消去したつもりでいたのだが、ここにきて、その名前が立派に生きていることを発見して、彼女に対する怨念が相当しぶといことを知って、自分に対して勇は心底あきれてしまっていた。だがことここに到《いた》った以上、対決する他はない。

バスから降りる人々を見張っている内に、もしかしたら彼女は自転車か、あるいは家人に車で送迎されているのではないかという疑問が生じだした。それに、降りてくる人の中には、勇をまるで犯罪者のように、じっと変な目付きで見る人もいて、同じ場所に立っているのが苦痛になってきた。

ひとまず出直すかと弱気になったとき、冷たい風の中から思いがけなく暖色の花が吹かれてきたように、山本ミドリの姿が街角に現われた。

勇の胸の中はまっ白になった。紺のオーバーコートを着て革の学習鞄を右手に下げたミドリは、以前より頬の肉が落ち、全体に生気が失せてしまったように見えた。

勉強がきついんだろうな、とそのとき勇は思った。自分も受験生の一員なのに、まるで上級生になったつもりでミドリを眺めていた。

もし、おれの名前を覚えていたら全て赦してやろう。こちらに向かって通りを渡ろうとしているミドリに対して、勇はそう思った。髪を後ろで束ねているミドリには、以前のようなはつらつさはなく、恋愛の対象として見るには色香が乏しすぎた。そこにいるのは、ごく平凡な受験生だった。

通りの中程まで渡ってきたミドリは、角に佇んでいる勇の方に大雑把な視線を送った。それから顔を正面に戻しかけ、次に眼を大きく見開いて勇を見直した。通りを渡りきる前に、透明な壁にぶつかってしまったかのような衝撃が身体に走った。

もういい、と勇は思った。もうこれで充分だ。これ以上彼女を苦しめるのはよくない。

血の気を引いたミドリの顔が、冷気の増した夕風の中を、ゆっくりと近づいてきた。向かい合ったとき、その目が冷たさのためか涙で潤んでいるのに勇は気付いた。

やあ、と勇はいった。笑ったつもりだったが頰は強張ったままだった。

「小林さん……なんで、ここに……」

そう呟いたミドリの声は震えていた。

やっぱり、この人も気に病んでいたのだ。そうでなければ、すんなり自分の名前が出てくるはずがない。

そう思った瞬間、勇の喉を塞いでいた重い気体が消えて、肩の力がすうっと抜けた。急に恥ずかしさと照れ臭さが胸を突き上げてきた。

「今、君の家に行ってきた。また、いきなり来たんで、妹さんがびっくりしていた」

そういったあとで、勇は自然に笑うことができた。だが、ミドリの頬は引きつったように蒼ざめている。左手を鼻にあて、黒い瞳を精一杯見開いて東京からの突然の訪問者を見つめている。

「予備校だって？」

「ええ……」

「冬期講習というやつか？」

「うん。こんなんいややけど、みんなやってはるし……」

「十分ぐらい話せないか。どこか、喫茶店はないかな」

「もう少し行ったらあるわ」

ミドリはそういってから、鼻にあてていた手をはずして西の方を指さした。勇は頷き、そちらの方に向かって先に歩きだした。その内、嬉しさと恥ずかしさがごちゃごちゃになって胸の中を跳びはねだして収拾がつかなくなった。自然に足が速くなり、喫茶店に着いて振り返ると、ミドリの姿は十メートルも後ろにあった。

「やっぱり、男の人は足が速いなあ。追いつかへんわ」

小走りにやってきて、ハアハアと白い息を吐いた。頬が上気して血の気が滲み出し、愛らしい表情になった。

「妻籠で会《お》うたときより、大分背が高《た》こうなったんとちがう？　見上げるようやわ」

「うん、八センチ伸びた」

「百八十センチくらいある？」

「一センチ足りない」

勇は喫茶店のドアを開けて先にミドリを招き入れた。テーブルが四つあるだけの小さな喫茶店で、他に客はいなかった。中は暖かく、まるで天国に来たようだった。

椅子に座ると、二人はそれぞれコートとジャンパーを脱いで傍の椅子に置いた。勇はコーヒーを、ミドリがレモンティを注文すると、二人は互いの視線をからめることを恥ずかしがった。もう何も話すことがないように思われた。

「今日はなに？　旅行してんの？」

ミドリが前のわだかまりをすっかり忘れてしまった無邪気な様子で先に口を開いた。大阪に行った帰りに立ち寄ったんだ、と勇は答えた。

「大阪の大学を受けるん？」

「いや、そうじゃない。叔父のお伴で行ったんだが、実際はパチンコばかりしていた」

「パチンコ？　大阪までパチンコしぃに行ったん？」

「ああ。すぐに現金に換えられるし、東京に比べて換金率がずっといいんだ。未亡人、身障者の援助ということになっていて、ケイヒン換えは大っぴらなんだ。東京では路地裏でコソコソやっているけどね」

そこまで一気に喋って勇は水を飲んだ。こんな話をしたくて来たのではないと思った。しかし、こういう話も二人の間には必要なのかもしれないとも思っていた。

「今日も多分、君には会えないと思っていたんだ」

勇は割合屈託なく、その言葉を口から出すことができた。とたんにミドリの顔が曇り、目を伏せた。

「かんにんや。あんなつもりやなかったんや」

「突然来たおれも悪かった。先に手紙が着いていると思って安心していたんだ」

「うん、着いていたよ。いつ来やはるんやろ思うて、おかあちゃんとも話してたんよ。そやけど、あんな急に……」

顔を上げて勇を見つめかけたミドリは、そこで言葉を跡《と》ざしてまた顔を伏せた。店のおばさんが注文した飲物を運んできて、二人の前のテーブルに置いた。すんまへん、とミドリはいって頭を下げた。どっちに対してあやまったのか分からず、勇はちょっと当惑した。

「君のおかあさんに、娘はいないといわれていったん帰りかけたんだ。でも、君が行っているという親戚の家の電話番号を訊こうともう一度戻ったら、君の声が二階から聞こえてきたんだ。正直いって、ショックだった。あんなふうに追い返されるとは思ってもいなかったからな」

「……追い返そうと思ったんとちゃうよ。ただ、うち、あわててしもうて……起きたばっかりやったし、まだ着換えもすませてへんかったし、髪かて滅茶苦茶やし、どないしてええか分からんかったんや」

その気持ちは勇にも分かるような気がした。だが、一年半前のあの夏の日の朝は、相手の胸の内まで考える余裕がなかったのだ。

「そやからうち、おかあちゃんに、こんな格好じゃとても会えへんいうたんや。そしたらおかあちゃんが出ていって……」

「うん、すました顔で嘘をついた。年の功というやつだな」

いじわるをいうつもりではなかったが、その言葉を耳にしたミドリは、目に涙を浮かべてしまった。

「あのあと、うちもおかあちゃんも悪いことした思うて、うち、おかあちゃんにいわれてあわてて着換えて、髪もようとかさんと追いかけたんよ」

「えっ？　ほんとに」

そんなことは想像したことさえなかったので、勇は面喰らった。

「ほんまや。うち、京都駅まで行って、駅の中をあちこち走って勇さんを捜したんや。そやけど、どうしても見つからんで……二時間くらい改札口で立って待っていたんや。でもあの日は祇園祭の宵山ですごい人やって、どないしても見つからんかった……かんにんやで」

「そうだったのか」

うだるような暑さの中を、自分を捜してホームを駆けているミドリの姿を思い描いて勇は胸がいっぱいになった。今日までそのことがいえずにいたのは、京都に住む女の子のつつましさのせいなのだろうと考えていた。

「おかあちゃん、勇さんの泊っているとこ聞き洩らしたいうて、ほうぼうのホテルに電話かけて問い合わせしたんよ。民宿やらユースホステルやら訊いたんやけど、勇さん、どこにも予約してへんていうて、がっかりしてたわ。あの日、どないしてはったん？」

「かえで」で皿を洗っていたとはいえず、勇は口ごもった。さらに泊っていた場所を訊かれて、ますます頰が強張った。その日会ったばかりの芸者の家に泊ったといったら、人目を気遣って生活している感じの京の人は、どれ程仰天するか分からない。

勇は窓の外に目を向けた。日が陰りはじめて、空の光りが薄くなっていた。

そのとき、勇の脳裏に映っていたのは、山本ミドリの姿ではなく、豆つるという芸者の後ろ姿だった。あの夜、着物を鋏で裂いていた芸者が、それを見てしまった勇に対して、何故あのような行為を起こしたのか、一年半たった今でも、勇には容易に理解できないでいたからだ。

長襦袢を身につけただけの豆つるは、前が開いて肌が露出するのも構わず、勇の前にすべるようにやってきて、いきなり肩に食らいついたのだった。

あの夜の出来事は、生《なま》の女の感情が行為となって露呈したのを目のあたりにした最初の事件だった。だが、そのことがあって女性に対する勇の理解が深まったわけではなかった。むしろ、ますます分からなくなった。少しだけ垣間《かいま》見《み》えたものといえば、女性の感情というのは、ときには燃えさかるジャングルのようになってしまい、それは男とは全然異質のものなのではないかという感想じみたことだけだった。

「どないしはったん？」

ミドリが心配顔で勇を見ていた。いや、なに、と生返事をした勇は改めてミドリを見返した。

「京女というのは、特別のものがあるのかな」

「なんのこと？」

「いや、ちょっと……」

勇は口を濁した。豆つるの姿を脳裏から消し、かつては叔父の恋人だったという大野さんの面影を追い求めた。だが、四十歳近い大野さんの顔は浮かぶが、二十歳そこそこの彼女の顔はどうしても想像できない。

「変なかんじやわあ。勇さん、急に顔付きが変わってしまいはりやったわ」

あ、いや、と再び勇は意味不明の感嘆符を吐いて頭をかいた。この頃、勇は人と大事な話をしているときでも、ふっと思いが別の方に浮遊しだして、そこに現われてくる人物と対話をしていることがある。せっかくミドリと出会って和解しかけているのに、全然違う女の人の話を持ち出そうとした自分の神経が信じられなかった。

「年末まで予備校に通うなんて、大変だね」

「東京の方がもっと大変とちゃうの？　なんやしらんけど、十倍以上の倍率の大学がぎょうさんあるって新聞に出ていたって」

「うん、まあ、真剣に受験しようというやつは必死になってるな」

「勇さんは、受験せえへんの？」

「受けるけど、おれはもうさ来年に的を絞っている」

えらそうなことをいった割には、勇の表情は浮かなかった。いざ浪人してみると、随分みじめで心細いものであることが、今から想像がついてしまうからだ。

「でも、よかった。勇さんとこうしてお話できるなんて、思いもよらんかったわ」

「おれもだよ」

「さっきはびっくりしたあ、ほんま、ユーレイかと思ったわ。勇さん、まっ青やったし」

「おれも、君があまり色っぽくなっているのでびっくりしたよ」

「いややわぁ、てんごいわんといて。恥ずかしいわ」

ミドリは顔を赤らめて上体を丸くした。瞳に女の色彩がはじけ、何かを期待する目になった。その温かみのある顔を眺めながら、この人がきれいになるのはあと一、二年で、それがピークでその後は徐々に下っていくことだろうと思っていた。そういう女性は、世の中の大半を占めていた。

「今晩、京都に泊っていけたらいいのにね」

「うん、パチンコで儲けた分があるし、そうしてもいいと思っていたんだ」

そういいながら、勇は自分の頭の中に、十七歳になった大野梓の顔立ちが不意に閃《ひらめ》いて現われたのでドキリとした。

「ほんま。ほなら、うち明日勇さんを案内できるわ。明日は三時限で予備校は終わりやねん」

「じゃあ、泊るところが決まったら連絡するよ」

勇はそういってからミドリの家の電話番号を聞いて手帳に書き留めた。

「さっき、君の妹さんにひどいことをいったんだ。もし君が出てきたら、まず殴ってやろうなんて思っていたもんだから……あやまっておいてほしいんだ」

うん、と頷いてミドリは勇に合わせて立ち上がった。視線を下げた風情に、礼儀正しく育てられた娘の生真面目さが潜んでいるように勇には感じられた。

「去年から、ずっと気になっていたから……ほんま、よかったわ。うち、嬉しいわ」

柔らかい息づかいが勇の首筋まで漂い上がってきた。この、あたりのいい言葉遣いで、関東の者はホロリとしてしまうのだな、とつくづく勇は感じ入って佇んでいた。頭の芯が、ぼうっとしていた。

清水寺《きよみずでら》近くの旅館に勇は宿をとることができた。和室がわずか四室しかない小さな旅館で、やさしそうなおかみさんが出てきて、相部屋になりますが、というのでその方が安くなると思った勇は、是非お願いしますと頼んだ。案の定、夕食の弁当つきで一泊六百円で泊ることができた。

相部屋になったのは名古屋から来た大学生二人で、勇を見るなり隣の部屋に女子大生が三人で来ているからミーティングをやろうと言いだした。それで早い夕食を兼ねて六人で食事をとった。女子大生の内のみかんのような女がリーダー格になって一人で喋った。勇は大学生になりすまして、いい加減に大学名を言ったら、一人の女が講師に従兄《いとこ》がいると言いだしたので大いにあわてた。

夕食後、何かゲームでもしようというのを断わって、勇は旅館から手拭いと石けんを借りて清水通にある銭湯に行った。とりたてて特徴のある風呂屋ではなかったが、地元の人々の交わす挨拶が妙に新鮮で、聞いている内につい長風呂になった。客の様子を見ていると、みな湯を大事に使い、手拭いも最後の一滴を絞り出すほどに強く絞るので感心した。観光客用の見てくれの派手さは表向きで、ここに住んでいる人達は、みな浮わついた生活に憧れず、質素につましく生きてきたのだと思わされた。

宿に戻ると、部屋に主人がいて、三人の男女を相手に三味線をひいていた。あとの二人はカップルとなって冬の街に出ていったのだという。

主人の話は軽妙で、女子大生はよく笑った。あたしも常磐津《ときわず》を習おうかしらとみかん嬢がいうと、師匠をしているという主人は、やめなさい、指が太くなる、といってさらに彼女等を笑わせた。勇は硝子戸から街の灯りを眺め、翌日のことを考えていた。ミドリと待ち合わせの場所と時間を決めたが、その前に、大野梓の成長した姿を見ておきたいという思いを捨てきれずにいたからだ。以前はまだ痩せて子供じみていた梓だったが、全体にふっくらとさせればかなりいい線にいくのではと想像しては、胸騒ぎめいたものを覚えていた。うちは、男なしで生きていくんや、といいきった梓の言葉は、知らない内に、勇の心の深くに棲《す》みついて、まるでそれが正しい女の生き方であるようにすら思えていたのだった。そういう梓の姿を思い浮かべるたびに、なんだかとてもたくましいものを感じていたからだった。

翌朝、三人の内で一番早く目を覚ました勇は、凍りつくように冷たい空気の中を大股に歩き回った。そうしながら、胸の中に沈んでいたモヤモヤとした不快なものを吐き出そうと努めた。

一つは受験生の烙印《らくいん》であり、その流れの中にはまっている自分におびただしいいらだちを持ちながら、どうすることもできないでいるもどかしさからの脱却だった。

その枠の中からはずれることは、勉強についていけないから照れ隠しにゴネているだけなのだと見なされる恐れもあった。それもまた真実をついているだけに、受験なんかくだらねえ、と文句をいう人間も、実際に模試の結果が悪い者が多く、その言葉も迫力に欠けてしまう。

理想的なのは我関せずと将来に目を向けて、自分の望みの分野の基礎知識を仕込み、余った時間で他の科目を勉強し、全国模試でもトップクラス、それでいて受ける大学は無名校というのがカッコイイ高校三年生のあり方なのだ。

それにスポーツ万能、親は裕福、長身で美男とくれば、人生の至福まで保証されたようなものだ。

そこまで望みはしないが、理想の高校生像に勇があてはまるものといえば、スポーツが万能に近いことと、美男という表現はいささか心苦しいが、長身であること、それに、受験にとらわれず、マイペースに過ごしてきたことくらいだろう。

剣道部の主将を二年生に譲って時間ができ、仕方なく通った夏の予備校通いがきいて、クラスでは末席付近をうろついていた勇の成績は、上位何名といわれるところまで急上昇した。それでも、もともとのどかさだけが取り柄の学校なので、全国のレベルに照らし合わせると、とても一流といわれる大学に入れるところまでは達していない。

それより勇を悩ませているのは、一体自分は将来何をめざし、何をしたがっているのか、自分自身でも皆目見当がつかないことなのだ。

中学生の頃は、さすらいのニッポン人として木刀を背中にかついで、世界中を放浪して歩きたい、などとうそぶいて級友たちの称賛を受けていたが、そんなことが現実に叶うわけがない。日活の無国籍映画の影響を強く受けていたためにそう夢想していたのだが、ではそれ以外に何があるのだと胸の中を覗き込むと、実にこれが何もないのだ。

つまり自分は、これまで剣道だけをやっていただけの、理想なし、展望なし、女性体験一回のみの空白頭脳人間ではないのかと、この頃になってやっと分かってきたのである。

それでは目標とすべき大学も、その専攻も見つからない。漠然と受験勉強したところで集中力が出てこないし、熱も湧かない。といって何もしないのもシャクだから日本史の参考書を開いて片っぱしから暗記してやると試験の結果だけはよくなり、級友たちからヘンな目で見られ、友情が半減するという馬鹿馬鹿しい矛盾の中に埋没している自分を発見するのだ。

さらに勇を苦しめているのが女体への渇望で、電灯を消し、暗い中に頭を置いていると必ず闇の中を白い女体がうごめきだし、胸をつき出したり、股を開いたりしておとなしく眠り込もうとする勇を挑発してくる。

最後にはきまって美雪の姉のまっ白い下腹部と形よく生えそろった陰毛が顔に覆い被さってきて、勇の陰茎は、怒髪天を衝《つ》くかの如《ごと》く、掛け蒲団をも下から持ち上げてしまう程に屹立《きつりつ》するのだ。

その苦しみが自然に鎮まる方法は夢精しかなく、そうすると下着を汚してしまうので、家では家人が完全に寝静まるのを待ってゴソゴソと自分で処理して、ふうっと満足とも不満足ともつかない吐息をつく。青春が悲しく、虚しく思えるのはそんなときだ。だが、自分はたとえ一度でも体験したからまだましで、ただ想像力だけで手淫をする連中はさらにみじめだと思うことも勇は忘れない。自分は恵まれていると思わなくては、マスターベーションのあとは、とても寒々としてしまって、人生の展望など考えている余裕がなくなってしまうからだ。ともあれ、勇はそういった様々な、高尚で、さわやかで、猥雑《わいざつ》な問題をいったん腹の底から全て吐き出しながら、頭痛が起きる程の古都の冷気の中を、たっぷり一時間歩き続けたのだ。

旅館に戻ってきたら折よく朝食の用意ができていて、宿の女将《おかみ》に遠慮しながら、茶碗《ちやわん》に四杯の飯を食べた。それでも胃にはまだ隙間があったが、おかずがなくなってしまったので箸を置いて、とりあえず食後の腹ごなしに、もう一度外に出てみた。

ぶらぶら歩いている内に八坂塔《やさかのとう》が見えるところに出た。高台寺《こうだいじ》の森を見上げてさらに進むと八坂神社の赤い鳥居が目に入った。

時間はまだ九時を過ぎたばかりで、たぶん「かえで」はまだ開いてはいない。それでも八坂神社を背に、四条大橋まで向かってぼくぼくと歩いて行ったのは、大野梓と偶然出会えるかもしれないという期待があったからだ。

チャキチャキの江戸の娘をそのまま京の街に置いたような十五歳の梓が、今十七歳となって胸も膨らんだことを想像すると、勇の気持ちは異常に高ぶった。自然に素裸の梓も脳裏に浮かび上がり、さらにその下腹部に美雪の姉と同じような艶っぽい恥毛が生えているのを思い浮かべ、凍《い》てつくような空気の中でも、勇の下腹部が変化を始めてしまって、大いに困った。

案の定、「かえで」はまだ戸が閉ざされていた。数十秒の間、一年半前とまるで変わりのない店の様子を眺めていた。すると、梓の母の大野さんの若い頃の面影がなんとなく浮かび上がってきた。

「彼女には、はっきり婚約者というのではないけれど、家同士の関係で、いずれは将来一緒になるだろうという程度の相手はいたんだ。ぼくも養子に入った内野家で縁談を勧められていてね。大野さんと一緒になるには、東京に出なくてはならないと思いつめていたんだよ」

大阪駅構内の喫茶店で、叔父は妙に落ちついた様子でそう語っていたものだった。あと一日二日、離婚後の整理のために大阪に残らなくてはいけないというのに、そのことには一切触れずに、十八年も昔のことに思いをはせてにやけている叔父の態度が勇には不可解だった。それでも、そのことは追及せずに、「その人、ずっと大野という苗字《みようじ》なの」と勇は訊き返した。父親なんか生まれたときからいない、といっていた梓の言葉が胸に突き刺さったままになっていたからだ。

「うん。途中で変わったかもしれないけどね。別れてからのことは、全然知らないんだよ」

梓が自分の子供かもしれないとはまったく考えたことのない顔付きだった。勇も訊かなかった。

「ぼくは問屋を辞めて、全て片をつけて京都駅であの人を待っていたんだ。ところが待ち合わせの十時が十二時になっても来ない。連絡をしても本人はいない。様子も分からない。結局二時まで待ってぼくはあきらめて汽車に乗ったんだ。あの頃は、その時間に乗っても東京に着くのは深夜になった。山手線に乗り換えて、頼んでおいた旅館に向かうときは、胸の中がまっ暗だった。もう二度と、京都の女とは恋愛するものかと思ったもんや」

「大野さん、どうしてスッポかしたんだろう」

「それがね。来たというんだよ。約束の時間より七時間も遅れてね。それを訊いたのは何年もあとのことで、しかも又聞きだったからね、とても信じられなかった。あの人にしてみれば、あの日の内に京都駅に行きさえすればぼくが待っていると思っていたらしいんだ。一日の流れがあの人にとってはそれ程ゆるやかなんだね」

「でも、どうしてそのあとで東京に行かなかったんだろ。叔父さんに惚《ほ》れていれば当然あとを追うだろ」

「彼女にしてみれば、あれは駆け落ちも同然なんだ。その決意をして駅に行ったのに相手の男が消えてしまっていては、元の場所に戻るほかなかったんだろう」

叔父はそういったが、勇はどことなく釈然としなかった。女の気持ちが分からないのか、それが京都の女だから特に混乱しているのか、勇自身にも、すっきりしない原因がどこにあるのかたどれずにいた。

駆け落ちに失敗したあと、大野さんはどんなふうに周囲の人に迎えられたのだろう。叔父とのことを、どうやって自分の胸の中で結着をつけたのだろう。朝の冷気は徐々に弱まってきたようだった。勇は夢から覚めた思いで、頭を振った。遠い過去のその物語は、自分にとってはどうでもいい話だった。分かっているのは、その後大野さんは梓を生み、今も京都で暮らしているということだけだった。それで充分ではないか、と結論を出して、勇は「かえで」の店先から踵を返した。

その時、女とぶつかりそうになった。あやうく向かい合った二人は、互いにあやまってから「あ」と声をあげた。

「大野さん」

「ああ、あなたは……」

化粧気のない大野さんの顔は、面影の中にある梓をずっと老けさせた顔だった。簡単な挨拶のあとで、勇は叔父と大阪で別れたことをいい、昨夜京都で一泊したことを伝えた。

「梓に連絡してくれはったらよろしいのに。喜びましたのに。昨夜は洋子《ようこ》はんのとこに泊っとったんやすえ。ちょっと待っておくれやす。電話してみますよって」

店の戸を開けながらそういって、大野さんは中に入ると受話器をあげた。勇は舗道に佇みながら、やはりここに来てしまった、とつまらないことを考えて、重たそうな雲を見上げていた。

「梓はすぐ戻ってくるよって、どうぞ来ておくれやすというてはります。な、そうして下さい」

大野さんは店の中からそういって、表に立っている勇に温かい眼《まな》ざしを注いできた。今の今まで、十八年前の叔父と大野さんの間に起こった出来事を考えていたので、目の前にいる人がその当事者だと思うと、歳月が女性に与える残酷な仕打ちを感じて、勇は息が詰まった。大野さんは言葉遣いこそ京都弁で艶があったが、表情はただの疲れた中年女だった。

大野さんのいう洋子という女が、芸者の豆つるであることを理解した勇は、後で寄っておくれやす、という挨拶を受けて来た道を戻りだした。歩いてもそうからなかったが、祇園の停留所に東山三条方面に向かうバスが停《と》まったので、会社員風の男のあとについて乗り込んだ。

御用納めの日なので、車内はまだ混んでいた。バスが右折すると三つ目の停留所で降りて細い路地に入っていった。その頃には、大野さんと叔父のロマンスのことなどすっかり頭の中から消えていて、梓と会うことに気を奪われ、高鳴る胸を抑えるのに苦労した。

路地を右折すると、女の叫び声が耳にとび込んできた。泥棒猫！　という声と共に竹造りの柵に何かがぶつかる音がした。勇は声のする方に向けて足を急がせた。目に入ったのは、二人の女が一人の女をいたぶっている光景だった。二人組は姉妹のようで、きつい一重瞼がおそろいのように濃い眉毛の下にあった。

地面に倒され、竹竿《たけざお》で打たれている女に目をとめて、勇は思わず、あ、と声をあげた。頬を切られて、そこから血を流しているのは、紛れもなく梓だったからだ。

「他人のものに手ェ出してからに！　あんたはゲスや！　恥知らず！」

「うち、知らん！　なんも知らん！」

「知らんはずあるかいな！　あんたがユーワクしたって民夫《たみお》はんもいってはるがな」

「そんなん嘘や、うち、ほんまになんも知らん」

二人の女は逃げることもできずに、柵と地面の間にできた三角形の隙間に顔を埋めている梓を容赦なく打ちすえた。死ね、という言葉も二人の女の口から吐き出された。

勇はちょっとためらった末に、止めに入るつもりで右足を踏み出した。その勇の腕を摑んで強く引く者がいた。きつい目をした顔立ちのよい女が勇を睨みつけていた。腕を握る手が男のように強い。

「出たらあかん」

彼女はそういって勇を路地に押し込んだ。突き上げてくるその鋭い目に、勇は見覚えがあった。

「豆つるさん……」

「ええか、ここにいてはるんよ。決して助けたりしたらあかんよ」

「だけど……」

豆つるは勇を柵に押さえつけた。喧嘩をしている女たちの姿は見えず、声だけが響いてきた。

「あんたのおかあちゃんかてそうや。他人のもんを盗《と》って自分のものにしおったんや」

「芸者の叔母さんもそうや。男だまして生きとるんや」

「あんたなんか、生きとる値打ちない」

梓の絶叫が聞こえたのはそのときだった。血の塊を吐き出したようなその声は、勇の魂を揺さぶった。豆つるの腕を払いのけようとした勇は、目をまっ赤にさせた豆つるの顔を見て、身体が動かなくなった。

「お願いや、ここにじっとしといて。あの子はここでずっと生きていかなあかんのや。何がおうても、ここで生きていかなあかんのや。助けたらいけん」

「しかし！」

「あんさんは東京へ帰るお人や。助けてええ気持ちになって東京へ帰ったらええ。でもな、残された梓ちゃんはどうなりますのや。あんさんを頼って生きていくわけにはいかへんどすやろ。こらえて下さい、な、助けんといておくれやす」

豆つるの目に涙が滲んでいた。勇の目には、その白い肌が氷のように透明に見えた。勇は両腕を下に落とした。勇の両腕を押さえている豆つるの身体から、微かに震えが伝わってきた。

どれ程のときがたったか分からない。たぶん、数十秒のことだったろう。いつの間にか女たちの、ののしる声は聞こえなくなっていた。

勇は豆つるの腕をそっとはずした。彼女は伏せていた顔をあげ、小路に入っていった。洋服姿の豆つるは少し気の強い若妻のようだった。

勇が二人のところへ行ったとき、梓は地べたから半身を起こして、豆つるの胸にとりすがって泣いていた。その背中を、豆つるの小さな手がさすっていた。

「うちはもうだれも好かへん。うちは、うちしか好きにならへん。人間なんか、大嫌いや」

梓は嗚咽をあげながら、はっきりとそういった。三つ編みの髪が揺れていた。

「そんなこというたらあかへんよ」

豆つるは梓の背中をゆっくりとさすりながら、子守歌をうたうように囁いた。

「そんなこというとったら、誰かが梓ちゃんをほんまに好いとうときに、自分を嫌いになってしまうよ。いやな人もおるけど、いい人はもっとぎょうさんいてはるきに、分かったな、梓ちゃん」

勇はその場に立ち尽くしていた。自分の力がいかに無力であるか、痛感していた。そうしながら、目の前が曇ってくるのを抑えることができなかった。

「昨日、なんであんなことうちに訊いたん？」

鞍馬寺《くらまでら》の冷え冷えとした空気の中で、ミドリは両手を後ろに回しながら、思わせぶりな目付きで勇を振り仰いだ。

「あんなことって、なに？」

「ほら、喫茶店で、京都の女の心には特別なものがあるんやろかって、訊いたやないの」

ああ、と勇は相槌を打って杉木立ちを見上げた。冬の中でひっそりと呼吸をする森の精の吐息を聞いたような気がした。

「京都は昔から住んでいる人が多いし、それだけ世間が狭いだろ。変な噂たてられたら困るから、できるだけボロを出さないように暮らしているんじゃないかって思ったのさ」

「そんなん、どこでも同じじゃないの。田舎はみんなそうや」

「でも、ここにはここだけのしきたりがあるような気がするな」

「うん、うちもそう思う。でも、そのしきたりがあるおかげであんじょう生きられるんや」

「なるほどな」

勇は高い杉に向かって息を吐きつけた。白い息はそのまま凍りついてしまう程に寒い。こんなところで、武者修行をすることが自分にはできるだろうかと思っていた。

「京都の表通りにはビルがどんどん建つけど、裏通りに入ったら昔ながらの生活やよ。新しいのと古いのが、ごっちゃになってるんや」

「古い街だったらどこでもそうさ。古いままで終わるはずないものな」

「あ、そういうたらそうやね」

「京都の女の人もそうかな。古いやつと新しいやつとがごっちゃになってるんだろうか？」

振り返ると、ミドリが口を半開きにして勇を眺めていた。そのあどけない表情がおかしくて、勇は思わず声をたてて笑った。

「何がおかしいの。勇はんのいけず」

ミドリは勇のところまでやってきて背中を叩いた。何故だか勇はドキリとした。奇妙な喉の渇きを覚えた。

「おれの知っている人でね、駆け落ち同然に京女と東京に行こうとした人がいるんだよ。ま、何年も昔のことだけどね」

そういって勇はミドリを見た。丸顔の中に黒く輝く瞳があった。境内に二人の他に姿はなく、勇の声はよく響いた。

「だけど、その女性は待ち合わせの時間にこなかったんだよ。でも、すっぽかしたんじゃなくて、七時間も遅れて来たんだってさ。で、結局、二人は離れ離れになったんだ。京女って時間にルーズなんだな」

「そんな無茶や」

「なにが？」

「なにがって、そう簡単に東京へは行けへんわ。向こうで生活するんやったら、その前に色々挨拶せえへんといかんとこほうぼうあるし、時間通りにはいかへんとちゃう？」

「そういうことか」

そういってから、なんだ、そんなことか、と呟いて勇は再び笑いだした。ミドリが腕を振って勇の背中を打ってきた。その手を捉えた勇は、それが冷たくて軟らかいことに妙に感心して、まるで白蛇の頭のようだと思いついた。なにすんねん、と叫び声をあげるミドリの紅潮した顔が目に入った。

貴船《きふね》神社までの道のりは、相当長くかかるように思われた。

青春の行方

眼覚める前のふわふわした感じがとても気持ちよかった。それから胸元に潜んだ小さな笑い袋が次から次へと破れていき、桜の花弁に埋まって大きく笑い転げている勇自身の顔が映し出されてきた。その周囲で拍手しているのはかつて勇の周囲を蝶《ちょう》のように舞い踊っていた娘たちで、美雪の顔もあったようだった。

へへへ、という笑い声が響き、それが自分自身の喉から出ているのだと気付いて目が覚めた。起きたときの勇の頰は緩んでいて、蒲団をはねとばしながら、ああ、おれは合格したんだ、と胸の内で叫んでいた。

カーテンの割れ目から勢いのある朝の光が射し込んでくる。勇は起き上がり、頭をぐりぐりと回した。

冷たく取り澄ました青空が一面に張っている。その空の奥に向かって、ジェット機が一機、銀の翼を翻して一直線に突き進んでいくのが見えた。その眩しさに、思わず勇は目をそむけた。洗面所に向かいながら、そうか、夢だったのか、と落胆しながら尻を掻《か》いた。今日が大学入試の合格発表の日なのだが、一年浪人するつもりで受けた試験の出来が存外よかったので、知らず識《し》らずの内に気持ちに力が入ってしまっていたようだった。

それでも飯を食いながら、あれは正夢なのかもしれないと都合よく解釈して不安にならないところに、勇の楽天性が表われている。

「お袋、おれ、合格しているぞ」

気を遣って試験のことには触れずにいる母親に向かって、勇はごきげんな顔で言い放った。

「ばかなこといっていないで、早く食べてしまいなさい」

母親は出勤の用意に忙しかった。勇は首をすくめて箸をせわしなく動かしだした。昨年暮れ、姉が家を出て一人でアパート暮らしをしだしてから、母親の用意する食事は、大切な独り息子のためだというのに、雑になりだしたようだと勇は思っていた。勇は三杯の飯を五分で片づけると、意気揚々と立ち上がった。

調布駅にいくと待ち合わせを約束していた上原と中村の他に、顔は知っているが名前の知らない同学年の者が二人いて、勇が来るのを待ってみんなでプラットホームの方に移動しだした。合格発表を見にいくのに、なにも大ぜいでいく必要はないと思っていたのだが、水虫が完治、昨年の夏から付き合っていた村井めぐみとの接吻《せっぷん》にも成功した上原が音頭をとって他の者も誘ったものらしい。中村とは夏休みに一緒の予備校に通って昼食のおでんを食った仲なので同志という思いが勇にはある。

車内ではそれぞれがとりとめのない話をしていた。やはり緊張と心配で上ずっているせいなのだろう。すでに浪人気分に浸ってはしゃいでいた上原までが、新宿駅から山手線に乗り換えた頃には顔面が蒼白《そうはく》になり言葉も少なくなってきた。

中村は地方公務員の父親の給料では、たとえ自分が合格しても、授業料を払うのが精一杯でとても下宿代までは看《み》れないだろうと何回となく呟いている。

勇はうんうんと相槌を打って窓の外を流れる黒瓦の家々の屋根を眺めていた。受験した三課目の中では、国語の古典問題の一部に不安のあるところがあったが、英語、日本史とも完璧の出来だと自負していた。受験後、勇が考えていたのは、合格の不安のことではなく、果たして入学後には、大学の剣道部に入ったものかどうかということだけだった。部に入ればアルバイトはおろか、友人と酒を飲みに行くことさえままならなくなるだろうと予測がついた。高校時代には許された一人旅も当然却下されることだろう。剣道はやりたいが、そのために他のすべてのものを犠牲にするのでは、青春時代にだけ存在する特別な感受性を殺してしまうことになる。

自分は剣道に人生をたくしたのではなく、人生のある一部分に剣道に熱中した時期があったと解釈したいのだろう。

この頃では、勇はそんなふうに自分を突き離して眺める癖がついた。剣道部の束縛から離れて自由になる目的の一つに、女の子とのデートがある。ちょっと油断するとそれが最大の望みとして心の中に君臨しそうで危ういのだが、胸を閉ざしていた蓋が破れて、とろりとした蜜が流れ出す陶酔感は、十八歳の誕生日を迎えた勇にとっては、この上ない魅力的な思いだった。

福井咲子も今頃はR大の掲示板の前に佇んで、合格発表の貼り紙が出されるのを身をすくませて待っていることだろう。

受験のために金沢から上京してきた福井を、叔父の住む一間だけのアパートに連れていったのは二週間前のことだった。

通っていた地元の短大を退学してまでR大の受験にこだわった福井に対して、

叔父は何度もその理由を尋ねていたが、福井はただずっと憧れていたのでというだけで、あとは頬を赤らめて俯いていた。その時の背中を丸めて火燵《こたつ》に入っている福井の姿を目に入れながら、胸を張って堂々と下級生の前に立っていた女剣士の福井が、ごく普通の水のきれいな土地で育った田舎の娘に戻ってしまっていることに、勇は痛いような悲しみを抱いたものだった。

たぶん、福井はR大にいる同郷の男を思って上京してきたのだろう。金沢にいた当時、男は福井の気持ちを知りながら別の女に気を奪われてしまったのだ。いったんはあきらめ、武道に身を入れた福井は、自分の中の女の部分が入道雲のように湧き上がるのを抑えることができず、男が通っている大学を受験する決意をしたのに違いなかった。

勇が金沢を訪れてから一年以上が過ぎていた。その間に福井から四回手紙をもらったが、いずれも返事に窮する文面だった。女剣士としての福井に対してならば、武道のことだけでなく、将来への抱負も手紙に書くことができるが、ともすれば熔岩《ようがん》のようにどろどろと流れ出す女のもやもやした心情を精一杯内側に抑え込んで、あたりさわりのない端正な文面にまとめている福井の手紙は、かえって勇を落ちつかないものにさせた。

勇という男に手紙を出しながら、その実、勇の背中を貫いた先にある別の男の影に向かって呼びかけている福井の心を感じたからだ。

自分は水溜まりの中に置かれた踏み石のようなもので、彼女はそれとは気付かずに、その石に向かって足を一歩踏み出し、勢いをつけてから意中の男の許《もと》へ飛び込もうとしているのだろう。

いつしか勇は福井をそんなふうにとらえるようになっていた。金沢で淡い恋心を抱き、今でも心の底にくすぶり続けている福井咲子という筋のいい剣士への思いを、そんなふうに理解して自身を納得させなくてはいけないことが、勇には泣きたい程に情けなかった。

二人だけで会うのを避け、わざわざ狭い叔父のアパートに連れていって叔父と引き合わせたのも、二人の間に横たわっている河が、同じ流れに向かっていないことを知るのがつらかったからだ。

そして恐らく、本当の気持ちを隠したままの福井に対して、その本心がどこにあるのか気付いていながら、まるで無神経な一つ年下の男として表面上は気楽に接していかなくてはならない自分の立場に、勇は我慢がならなかったからだった。

「勇さんもR大受けてくれればよかったのに。うまくいったら同じクラスになれたかもしれんのに」

二週間前のその夜、叔父のアパートを出て、駅で電車を待つ間、福井はぽつりとそういった。

「そうだな」

勇はそう答えた。そして、そうなったら、おれは余計にみじめになる、と思っていた。

受験が終わると福井はすぐに金沢に帰り、勇と叔父に礼状を書いて寄こしてきた。その文面から、受験がうまくいったことを勇は知った。

高田馬場から新宿に向かう帰りの電車の中で、勇は自分が空洞の一本の筒になってしまったような気持ちで佇んでいた。

窓の外の景色は目に入らず、身体中の神経も消失してしまったようだった。

勇の受験番号は36番だった。合格者の番号は1番からいきなり28番にとび、その次は44番までとんでいた。空白の自分の番号を頭の中で見て、勇は茫然自失とした。

一緒に来た名前を知らない同学年の者と一瞬目が合い、そいつがニヤリと笑う

のを目の奥でとめ、そんな馬鹿な、と勇は声に出さず叫んだ。何かの間違いだと
その次に思い、事務所に行って確かめようとさえいきり立った。
恥辱と憤りが交差して何が何だか分からなくなった勇を、かろうじて慰めてく
れたのは上原の言葉だった。
「みんな落ちちまったよ。小林が落ちるんじゃ、おれたちが通るはずないものな。
運がなかったんだよ。そばでも食って帰ろうぜ」
背中を押されて勇は歩きだしたようだった。そば屋に入ってそばを食ったはず
なのだが、今ではそれさえもはっきり思い出せない。
おれは、浪人なのか。高校生でも、大学生でもない、ただの馬鹿な浪人になる
のか。
京王線に乗り換え、空いている座席に座ってそう呟いていた。身体中の筋肉が
緩み、自力では到底立ち上がれそうになかった。
あっちを受けておいてよかったぜ、浪人するよりましだもんな。
そんな声が耳に入ってくる。だが、そちらに目を向ける気力さえ勇にはなくな
っていた。
深い穴に落ちたのだ。

誰かが耳元でそう囁いた。勇は頭を持ち上げ、左右を窺った。

上原が他の者たちと少し屈折した笑い顔で話している。車内にいるのは、車窓を通して入ってくる暖かい光を受けてぼんやりしている客たちの他には、同学年の者の顔しか見えない。

勇は窓の外に目を転じた。それから、その通りだと呟いていた。

これまで、どんなにつらいことがあろうが、ひるまずに前を、上を向いて走り続けていた。何かに駆りたてられるように、遮二無二走り続けてきた。ゴールがどこにあるのかも知らず、また、どこを目的に走っているのかも深く考えないままに、ただ前進し続けてきた。

それができたのは、自分が学校という組織の枠の内側にいたからなのだ。だから、多少無茶をやっても許されたし、ハメをはずしても安心して元の学生という場所に戻ることができたのだ。

自分が今、穴の底のあたりを漂う蜉蝣《かげろう》のようにはかない気持ちでいるのは、自分の我儘《わがまま》を周囲から守ってくれていた城壁がすっかり取り払われているのに気付いたからなのだ。

勇は窓の外に広がる高い空を見た。生まれて初めて感じる挫折感だった。勇には、所属すべき学校という組織がもうないのだ。

電車がスピードを落とした。振動が腰に伝わってきた。勇の上体はたわいなく左に傾いた。痩せた中村の肩にぶつかった。

「ぼくは家に帰るけど、小林はどうする？」

臆病そうな中村の目が勇の方を見ていた。おれは、と口を開いた勇は、しかし、次の言葉を続けることができなかった。これからどこに行って、何をなすべきなのか、それさえ頭に思い浮かべることができなかったからだ。

「よう、小林、来いよ。おまえが入れば丁度四人になるんだ」

熱湯を浴びたバッタのような顔をした上原は、入試失敗のショックをカモフラージュするため、ずっと落ちつきのない笑いを口元に浮かべていた。

「な、うさ晴らしにマージャンやろうぜ」

「そんなにショゲ返るなよ。ワセダだけが大学じゃないんだしさ」

「だいいち小林君は、剣道の腕を見込まれてどっかの大学から誘われているそうじゃないか。特待生だって聞いたぜ」

「ほんとか？　それだったら入学金も授業料もただなんだろ」

「どうだ、おれんちこいよ」

最後にもう一度上原の顔が勇の前に出てきてそういった。電車が止まり、ドアが開かれた。

「いや、おれはやらない」

勇は彼等の顔を見ずにそう言い放った。

「おい、降りないのか。これは京王多摩川行きだぞ」

上原が叫ぶのを無視して勇は座席に座り続けた。じゃあ、と中村の心細気な声が聞こえたあとは、車内には何の音もしなくなった。勇はまるで、四方を氷の壁で張り巡らされた密室に閉じ込められた気がしていた。

ベルが鳴り、ドアが閉じられ、電車はゆるやかに動きだした。

多摩川の河原堤を上流に向かって勇は歩いていった。三月中旬にしては陽差しは強かったが、河原の上を舞う風は冷たかった。それがかえって気持ちよく、首を縮めながらも、風の中に向かっていく意気込みを湧き上がらせることができた。ずっと前から、まだ自分の年齢さえよく分からない頃から、冷たい風に向かって歩くのが好きだったようだ。

勇はそんなことも考えていた。堤の右側は畑と人家がまばらに点在し、左側は河原石がゴロゴロし、水草の密生しているあたり一帯には川の水が迫ってきていた。

一時間程歩いてから河原に降り、丸い石に腰を下ろして気持ちよさ気に流れている川面を眺めた。

江戸時代はここの水は清水として有名だったという。和菓子屋がわざわざ多摩川の水を汲《く》みにきたり、名のある高級料亭では、茶漬けを頼んだ粋がる客人をこらしめるために、多摩川の水を汲んで湯を沸かし、一両二分という法外な値段をふっかけて客を仰天させたともいう。

その時代にもし生きていたら、自分はどんな暮らしぶりをしていたのだろう。もし幕末に下級武士として江戸に乗り込んできたら、どんな信念を持って外国船と立ち向かったのだろう。もし……。

不意に勇の名を呼ぶ声が聞こえた。空耳だと分かっていた。その声は、小学校の低学年の頃に聞いた父親の声だったからだ。

――イサム、魚ばかり獲《と》ってないで、少しは泳げ。

太陽を背に、まだ若々しい父親が立っていた。周りで子供達の歓声が響き、水しぶきが上がっていた。杉並区の借家から、電車を何度も乗り継ぎ、時間をかけて多摩川まで来たのに、少しも泳ごうとしない息子に対して、父親は腹を立てたようだった。

うん、とだけ答えて勇は小石で囲った直径三十センチほどの水溜まりの中を覗き込んだ。生まれたばかりの稚魚が数匹、その中をチョロチョロするように泳いでいた。

いきなり勇の右腕が引き上げられた。泳げ、という怒声と共に痩せて小さな勇の身体は空中に放り出された。冷たい水に身体が包まれ、川底から何者かが手を伸ばしてきて自分を引きずり込もうとする幻影に恐れ、必死でもがいた。どれくらい水を飲んだか分からなくなった。姉と姉の友達が助けてくれなかったら死んでいたかもしれないと、後になってその時のことを思い出すたびに震えていた。

それよりもっと幼い頃、母の手に握られて、小さな橋から川を見下ろしていたことがあった。母の表情は厳しく、何かを決意しているようでもあった。勇と反対側の母の手に握られていた姉が何度も「お母ちゃん、かえろうよ」と言い、しまいに泣きベソをかきだした。母が橋の欄干の前から離れたのは、それから大分たってからだった気がする。すでに日の沈んだ夕暮れの中で、母の目元が赤く腫れ上がっていた。

家計が苦しいときで、写生道具をもって家を出たきり何ヶ月も父親は帰らず、連日家には借金取りが押しかけてきていた。部屋に上がり込んで夜通し母を脅し続けていた者もいた。幼い勇は何度か母を救おうと熱《いき》り立ち、そのたびに小学生だった姉に両腕で抱え込まれて我慢するようにといわれた。震えながら泣いていた姉の顔を、勇は昨日のことのように思い出すことができる。

勇、イサム、いさむ君、と呼びかける声が川面を叩いて吹いてきた風に紛れて聞こえ続けた。その度に懐かしい情景が脳裏に宿り、勇の胸の中は熱く脹れ上がった。

——勇君、もし大学受かったら東京に遊びに行くよって、そん時は国立競技場に連れてってな。

最後に、山本ミドリの声と共に、何かにすがりつこうとしているような切な気な表情が浮かび上がってきた。勇は立ち上がり、尻をはたいて河原石を踏み出した。

堤の道に戻ってさらに上流に向かって歩きながら、よく生きてこられたな、と大人びたことを考えていた。小さい頃のいつでも歯を喰いしばって俯いていた自分の顔が胸に現われると、目頭が熱く燃え上がったようになった。それからの数分間を、勇は泣きながら歩いた。

ここから出発するしかない。ここでションボリしていたって何も生まれない。河原堤の草むらから起き上がって仰いだ空は、もう暗く青味がかっていた。川の上流の果てに連なる山並みが黒く沈み込み、さっきまで赤く燃え上がっていた夕焼けも、色を落としかけていた。

四つん這いになって土手を登り、堤に上がった。今こうして息をしているおれが、自分自身なんだ。ゼロでもいい。これから少しずつ何かを積み上げていけば、それでいいじゃないか。勇はそう思い、そう思っている自分が、冷たさを増した風の吹く河原堤に佇んでいることを見つめ直して胸をそらせた。

頭の中を清流が通いだした気がした。胸の中のもやもやしたものが吹き飛ばされていき、代わりに、何か愉快で、思惑あり気なキャンバスが放り込まれたようだった。そこに、どんな絵が描かれるか、楽しみにしたい気持ちも生じていた。

しばらく行くと、右手に何かのレース場のスタンドが現われてきた。薄暗い中で、それが競艇のレース場らしいと知ると、勇は堤を降りて、そちらの方に身体を向けた。叔父の住むアパートが、競艇場からそれ程遠くないところにあったことを思い出したせいだった。狭いが、マリという新しい彼女と住んでいる叔父の暖かい部屋を思い浮かべると、減っていた腹が鳴った。

叔父の部屋は木造アパートの二階の突き当たりにある。畑の中に建てられた安アパートで、大阪の家と妻子を捨てて若い恋人と東京で生活しだした叔父には、分相応の住み家といえるのかもしれない。それにしても、風呂もなく、便所は共同のアパートに、愛のためとはいえ、四十面下げた叔父がよく住めたものだと勇は感心する。

軽くノックをしてドアを開けると、ちゃんちゃんこを着た女の背中が目に入った。短めの髪に縦に丁寧にウェーブがかけられている。こんちは、とドアを閉めながら勇はいった。横を向きかけていた女は、勇の声を耳にして、一気に顔を半回転させた。

「やあ、来てたのか」

驚いた勇の胸の中が、一瞬ぱっと明るくなったようだった。勇の言葉に、こっくりと頷いた福井咲子の頬が、勇の胸中を見透かしたように朱色に染まって広がった。

「いらっしゃい。たぶん勇君も来るから待っていなさいと福井さんにいったんだよ。さっき、帰ってくるとき、丁度踏切のところで出会ったんだ」

小さな流し台の陰から顔を覗かせた叔父は、眼鏡の奥の目を柔和になごませて勇を見て笑い、いったん顔を引っ込ませてからもう一度戻してきていった。

「福井さん、R大受かったんだって」

「そうか、おめでとう。きっと受かると思っていたよ。君は秀才だからな」

靴を脱ぎ、福井の隣に座り込みながら勇はいった。火燵に足を入れると福井の脛に指の先が触れた。福井は口をすぼめて足を引っ込めた。

「勇さんは？」

「落ちた。叔父さん、マリさんはどうしたの？」

今夜は残業なんだ、と叔父は背中を向けたまま答えた。受験のために上京してきた福井に、もし合格したらうちでごちそうをしてあげよう、と叔父が得意になっていっていたのを今になって勇は思い出した。そのとき、福井と合格発表のあとで、叔父のアパートで落ち合う約束をしたことも記憶に蘇ってきた。

「いつここに来たんだい？」

「二時間くらい前」

「ずっとアパートの前で待っていたの？」

「ううん。駅前の喫茶店で待っといたから」

「そうか。それで、そのちゃんちゃんこはどうしたんだ」

「服が汚れるといけないからって、叔父さんが……」

福井は斜め上を見上げた。そこに水色の上着がかけられてあった。合格後の身だしなみまで計算に入っているとは、やはり勉強のできる人は違う、と勇は感心していた。

「この機会にアパートを決めたいというんだがね。勇君、明日一緒に探してあげたらどうだい？」

紅茶の入ったカップを二つお盆に載せて振り返った叔父は、腰にエプロンを巻いていた。

「おれより、彼氏に付き合ってもらった方がいいんじゃないか？」

「彼氏？　そんな人いるのかい？」

叔父は勇の正面に正座をして座り、傍にいる福井を覗き込んだ。福井はテーブルに視線を置き、顎に人差指をあてた。いえ、といったようだった。

「金沢で一緒だった人だよ。そいつがいるからR大を受けたんだよな」

からかうつもりはなかったが、ぞんざいな口調になってしまっていた。福井に対して残酷になる気持ちも少しは働いていたようだった。

へえ、そうなの、君もおとなしそうな顔してやるねえ、と叔父は頬に二本の深い皺を浮かせて笑った。

「彼氏なんかじゃないんです」

福井は視線を上げずに、喉に詰まっていたものを吐き出すように呟いた。それから自分のいったことを反芻《はんすう》するように、頭を左右に振った。

「さっきちょっと話を聞いたんだけどね。R大に入ることについても、福井さんは色々と迷っているらしいんだ」

「どういうこと?」

叔父から目を福井の上に転じて勇は訊いた。口を開きかけた福井は何もいえず、眉間に細かい皺を寄せて目の前に置かれたティーカップをもどかし気に見つめた。

「つまり」と叔父が口元をだらしなく緩めて喋り出した。

「今ベトナムでは戦争が行なわれていて、罪もないベトナムの子供たちがどんどん殺されている。アメリカの若い兵士たちは、自分たちの戦っている相手を何故殺さなくてはならないのかということも分からないままに銃を向けている。そんな状況のときに、自分はぬくぬくと大学なんかに通っていていいのだろうか、ということなんだよ。日本政府は何もしない。だからといって、自分達も何もしないのは人の道に反するのだとね。何かをしなくてはと福井さんは思っているんだよ」

「ばかばかしい」

勇は吐き捨てるようにいって、叔父と福井の双方を睨んだ。いったん顔を上げた福井は勇の強い視線にぶつかって、くじけたように顔を伏せた。

「人類の歴史は戦争の歴史なんだ。現代ではたまたまベトナム戦争が隣の大陸で始まっただけなんだ。そのことと君の人生とは何の関係もないよ」

「だけど日本人としてやるべきことはあると思うんだ」

叔父は柔和な目を崩さずにいった。この目に女は魅かれるのかもしれないと思いながら勇は怒ったように言い放った。

「日本人は自分達の幸せにもっと我儘になればいいんだ。そうしようとしない連中に、他の国の人間の幸せのことなど論じる資格もなければ、そんな力も生まれてこないよ」

「しかし、日本政府に対しては……」

「叔父さんが日本政府にいいたいことがあるのなら直接いえばいいんだ。福井さん、君は本気でそんなことを考えているのか」

叔父の口にしかけた言葉をさっさと打ち砕いて勇は福井に矛先を向けた。そういうことだけじゃないんです、と福井はやっとの思いで口を開いた。顔が先程よりさらに紅潮して長い睫毛が細かく震えだした。

「あたしに、本当に大学に入る資格があるのかと疑問に思えてきたんです。あたしには何の才能もないし、ヴィジョンもないのに、ただ憧れだけで大学に行って何になるんかと……。合格発表の日が近づくにつれてだんだん気が重うなってきて、このまま入学したって、ただ四年間を無為に過ごしてしまうんやないか、それやったら、何か別のことをした方がええんやないかって、ずっと考えていたんです。友達に老人介護のボランティアをしている子がいて、その子を見ているとあたしのしていることなんて、世の中に何の役にもたってへんなと思えて……」

「じゃあ剣道はどうしてやったんだ。上手になって、何か人の役に立つことがあると思うのか」

「剣道は兄に勧められて……やっている内にだんだん好きになってきたものやし……」

「君が悩むのは勝手だけどな、そんなくだらないことをいっておれの前に苦痛に満ちた顔をさらさないでほしいんだ。やりたいことがあるんなら、ぶつくさいわずにさっさとやりゃいいんだよ」

「勇君、そんな言い方するのはよくないよ」

「じゃあどういえばいいっていうんだ。そうか、君のいうことはごもっともだといって、叔父さんのようにニヤニヤしながらこの人のおっぱいの形を想像していればいいのかい」

叔父は目をいっぱいに見開いて勇を見返した。勇は火燵から立ち上がり、二人を見下ろした。自分が理不尽なことで腹を立てているのは分かっていた。だが行き場のない憤りを、そのまま腹の底に留《とど》めておけるだけの忍耐力はもう残っていなかった。

「おれはな、今日は機嫌が悪いんだ。そうさ、入試に落ちて頭に来てんだよ。落ちたのは、おれの頭が悪いせいだって分かっているけど、だけど、ムカムカしてんだからしょうがないだろ。そのおれに、希望の大学に入ったのに、その門の前でぐだぐだいって気取っている奴の気持ちを理解しろってのが無理だよ。勝手にしろよ。中年と女学生で、勝手になぐさめ合っていろよ」

勇は靴を履いてドアのノブに手をかけた。勇君、と呼ぶ叔父の声が上がった。勇はドアを開け、廊下に出ると、足音をたてて階段まで歩いた。パイプの手すりのついた階段を駆け下りようとしたが、暗くて危ないととっさに判断して、怒っている割には慎重な足取りで下りだした。

下に行って門を抜けると叔父が追いついてきた。もし自分を批判するようなことを口にしたら、たとえ相手が叔父でも殴りとばしてやろうと勇は身構えた。

呼吸を整えると、叔父は意外なことを言いだした。

「福井さんのような人と付き合っている勇君が羨しいよ。あの子は、今、人生で一番いい時期を生きているんだ。恋がつらいと思える時期、恋する相手を自分の方に向けたいと思う気持ちを醜いと悩む時期、人生は恋だけではないと思い込もうとする時期、女が人間としての心を持っている唯一の数年間、いや数ヶ月のときを今彼女は過ごしているんだ。いずれ、愛を打算で推し量ることしかできなくなるけど、今のあの子には、そんな自分は想像すらつかないだろう。君の怒る気持ちも分かるけど、大事にしてやってくれよ。昔、君くらいの歳のとき、ぼくも女の子の美しい季節が分からなくて、貧しい子に心を奪われてしまったんだ。貧乏な子に魅力を感じる時期が男にはあるんだよね」

叔父は屈託のない笑みを見せた。その顔を、勇は拍子抜けする思いで見つめていた。

姉のアパートに行くのは三度目だったが、前の二回と同じような違和感を今度も感じた。生まれてこの方ずっと一緒に家で暮らしていた姉が別のところで住んでいるという事実に馴染めなかったし、一度目と二度目では部屋に置かれてあった調度品の種類も違っていて、それらをなんとなくかしこまって眺めてしまったことにも悔いが残っていた。だいいち、姉の部屋のドアを叩いて返事を待ち、「弟です」と名乗ること自体不自然だった。これまで互いにプライバシィなどまったく無く、姉に至っては、うかうかしていると弟に届いたクリスマスプレゼントさえ、本人に渡る前に開いて検閲してしまう大胆さを備えていた。

それが姉の駆け落ち宣言で家の中が混乱して以来、それぞれが独自の生活設計をたてるようになり、気心さえよく分からない、不透明なものになりつつあった。もっとも、勇はそのことで不便を感じたことは一度もない。ただ、たまに父親と二人で食事をするはめになったときに、融和剤として貴重な存在だった姉の性格を懐かしむことになる。

姉の住むアパートは旧山手通りから少し奥に入った代官山《だいかんやま》にある。六所帯だけの小さなアパートで、姉の部屋は一階の路地に面した角にあった。

ドアを叩くと隣の家の庭から犬の吠《ほ》える声が聞こえてきた。返事がしたようなのでドアを開けると、男物の靴がたたきに置かれているのが目に入った。

声をかけて玄関と部屋とを仕切っているカーテンを押し開いた。向こうを頭にして姉が寝ていて、枕元に髪を七、三に分けた窮屈そうな若い男が行儀よく座っている。男は勇を見て、どうも、といって頭を下げた。

「お袋から食い物を預かってきた。風邪はどうだい？」

勇は男と反対側に座って、風呂敷に包まれた重箱を畳に置いた。ありがと、と姉は白い顔を勇に向けて嗄《しわが》れた声で礼をいった。石油ストーブで暖められた部屋は汗ばむ程だった。

「こんなに部屋を暑くしちゃ、身体に毒だぜ」

「そうね」

勇の目の前にあった黒い影がふわりと浮いた。律儀にネクタイを締めた男は、二人の話を聞いて石油ストーブの炎を低めたのだ。

「こちら、山崎さん。……弟よ」

枕に頭を置いた姉は、そういって頭を左右に振って二人を紹介した。どうも、と先程と同じ口調、同じ顔付きでいって山崎は中腰になった。それから、それではこれで、といって額の汗をハンケチで拭い、姉からお礼の言葉を受けるとぎこちない笑みを浮かべて帰っていった。

ドアが完全に閉じられるのを待って勇は口を開いた。

「新しい恋人か。姉貴もやるなあ」

「お見舞に来てくれただけよ」

「婚約者の工員はどうした？」

「婚約なんかしてないわよ」

そういってから姉は天井をじっと見つめた。

「お父さん、怒ってる？」

「泣いているよ」

「嘘」

「ほんとさ。正月くらい帰ってやればよかったんだ」

「お父さんのおかげで、はやまらずにすんだわ」

「工員と一緒にならなくてよかったってことか？」

「工員工員て馬鹿にしないでよ。……でも、付き合っている内に、重味が違ってくるのよね」

「今のやっと工員と、同時にデートしていたのか」

姉は返事を渋ったが、それは肯定したことと同じだった。勇は時計を見て立ち上がりかけた。

「じゃ、おれ約束があるから」

「水沢美雪さんと会うんでしょ」

姉の何気ない言葉に頭をバットで殴られたくらいの衝撃を受けた。姉には美雪と会っていることを伝えていないのだ。

「どうして知っているんだ」

「昨日、大家さんの家から電話をかけたの。美雪さんのお父様に検討してほしい証券があったから」

姉の勤める証券会社は倒産の噂も出た程で、事務系の仕事をしている者でも、営業を義務づけられているらしい。

「そのとき聞いたのよ。ついさっき弟さんから電話があったって。あんた、美雪さんのお宅で開いてくれるという激励会を断わったんだって?」

姉はギロリと白い目を剝いて勇を睨んだ。

「あたり前だよ。すげえ大邸宅なんだぜ。あんなとこ行ったら落ちついてションベンもできないぜ」

「そんなことで圧倒されるあんたじゃないでしょ」

姉はそういって白い歯を見せた。自分の弱点を看破されなくてよかった、と思いながら勇は立ち上がった。

約束は六時だったが六時半になっても水沢美雪は喫茶店に現われなかった。店に電話がかかってくるたびに小林さんと呼ばれるのではないかと落ちつかなかったが、そういうこともなかった。といって、今さら美雪の家に電話を掛けたところでどうにもならない。本人が出てきたら、かえってショックを感じるばかりだ。

七時十五分前になったとき、もう駄目だと判断して席を立った。今年になって一度一緒に映画を観たが、それも痴漢が出るとこわいのでという美雪の要請を受けて勇は映画館に出向き、混雑した映画館の中で空いた席を一つだけ見つけ、美雪を座らせて自分は二時間ずっと立ちっ放しで、しかも見終わったあとは喫茶店にも寄らずに映画館の前で別れてしまったものだった。

デートといえるのは今回が初めてで、それもどうやらかつがれたようだと勇は複雑な思いでレジの前に立った。

美雪ほどの交際範囲の広い女が、浪人生となった勇とデートしようというのが妙な話で、それに値する魅力が勇にあるとは思えない。それを真に受けて新宿まで出てきたのは、やはり美雪のような美貌の女と並んで歩いてみたいという勇のさもしい根性のせいだった。では、本当に美雪のことを好きなのかと自分の胸に向かって問いかけると、美雪を取り巻くムードに幻惑されているだけで、一人の女としての美雪に渇望を抱いているようには思えないのだ。美雪の胸を見てしまったときのことは毎日のように思い出すが、それは肉体への切ない思いのせいで、恋愛する気持ちとはまったく異質のものだった。

コーヒー代を払って身体を正面に向けると、厚い硝子のドアを引いて入ってきた女が、あら、と声をあげた。まっ白い毛皮のコートが長身によく似合っていて、店にいる客の間から呻き声さえ洩れたようだった。

「帰るところだったの？　間に合ってよかったわ」

美雪の姉は外の冷たい空気を勇の身体に押しつけてきた。香水の香りが勇の鼻をついた。化粧をした彼女の顔は、昨年の夏の出来事のときと比べて数十倍も妖艶で輝いていた。

大人の女がここにいる。腕をとられた勇はそう感じて心臓が一瞬、機能を停止してしまったかと思える程に緊張した。

「さあ、行きましょう」

外に出て勇の手を引いて足早に歩きだした。どういうことです？　という言葉が胸の中を右往左往していたが言葉に出すことができない。

コマ劇場を回り込むようにして歩いて、広場に面したビルの中に彼女は先に入っていった。エレベーターに乗り、四階のボタンを押すのを見て、桜《さくら》さん、とやっと勇は呼びかけることができた。

「どうしたんですか？　美雪さんがどうかしたんですか？」

「いいからいらっしゃい。浪人生の扱いはあたしに任せて。来月からあたしも社会人なんですからね」

そういってから桜は勇の顔をしげしげと眺めた。

「本当に、受験勉強していたの？　ちっともやつれていないわ。また背が伸びたわね」

そういって目を合わせた桜との視線の高さが去年とほとんど変わらず同じとこ

ろにある。たぶん十センチ近いヒールのある靴を履いているのだ。

エレベーターから降りると赤い幕の下がった入口に出た。黒服を着た男がうやうやしく礼をして桜の背後に回り、着ていた毛皮のコートを手にした。それから不快気な顔で勇の前に立ち、古びた革ジャンを眉をひそめて眺めた。

「彼のジャンパーも預かって頂戴」

桜のそのひと言で黒服の男は礼をして手を伸ばしてきた。脱ぐと勇の着ているのはTシャツ一枚になった。桜は物珍しい動物でも見たような笑みを浮かべて中に入っていった。

広いフロアに数十人の男女が出ていた。赤や黄色のライトが飛びかい、ゆっくりとした音楽が場内を流れていた。壁を背にして佇んだ女の多くは、傘のように開いた古風なスカートを穿いていた。

そこがダンスホールだと分かったのは、桜に導かれてフロアに連れ出されたときだった。他に何組かの男女が踊っていたが、それでも自分達の方ばかりに視線が集められていると感じた勇は、いっぺんに上気して、全身が火傷を負ったように感じた。

「あわてないで、あたしの調子に合わせればいいのよ」

桜の頬に赤いライトが当たり、その目の奥に別の目玉が潜んでうごめいているような滲み方をした。身体の線に沿ったドレスも赤色をベースにしたもので、膝上二十センチのミニスカートから網模様のストッキングに包まれた足がすんなり伸びている。これで国立大学の学生だとすれば、学力と容姿、そして遊び心は、それぞれ分野の異なったところで神によって醸成されているのだろう。

「美雪さんはどうしたんです？」

「あんた、女の抱き方が上手ねえ」

姉の練習台になってダンスを仕込まれたのだと腹の中でえばっていたが口に出していうことはなかった。勇は同じ質問を繰り返した。

「美雪の代わりにあたしが来たのよ」

「どういうことですか？」

「昨日、あんた達が約束をしたあとで、美雪に今日のデートはキャンセルになったとあたしが伝えたのよ。あんたから電話があったと嘘をいってね」

「何故そんなことをいったんです」

痛い、と桜は声を荒らげた。音楽はブルースだったが勇の足が直線的に出てしまって桜の左足の踝《くるぶし》を蹴ったのだ。桜は顔をしかめると、勇の胸に自分の胸を押しつけてきた。桜の体温が直接勇のTシャツに伝わってきた。

「昨年のこと、忘れたとはいわせないわ」

「桜さんと弟さんとの近親相姦《そうかん》のことですか」

桜の目が青く光った。勇が気付いていたことを今初めて知った驚きと憤りが一度に溢れ出した。鬼のような目だ、と勇は思った。

「美雪にちょっかい出すのはやめてよ」

桜はほとんど動きを止めて勇の身体に密着してきた。意志とは別に、勇の下腹が小石が転がるようなざわめきを起こした。桜は自分の両足に勇の右太股を挟み込んでいた。熱が痺れとなって勇の後頭部にまで這い上がってきた。

「もしちょっかいを出したらあの時のことを美雪にいうわよ」

「そんなことといったら、軽蔑されるのはあなたの方だ」

「あんたに無理やりされたっていうわ」

桜の瞳から毒バリでも飛んできそうだった。この女は本気だと勇は思った。

「あんたにはうちの周りをうろついてほしくないのよ。ふふ、元気ね。こんなときでも欲情するのね。最低の男ね」

いわれて腹の中がまっ赤になった。

「あれが初めてだったんでしょ。ふふ、あたしが欲しいのね。欲しくて欲しくてたまらないのでしょ」

「それは違います」

「どう違うのよ。硬派ぶっても駄目よ。ここが証明しているわ」

桜が右の膝を曲げて勇の下腹部を軽く突き上げた。ズン、と重たい振動が勇の身体を貫いた。

「硬派ぶってなんかいません。でももし桜さんがぼくが硬派であると感じたのなら、ぼくの正直な気持ちを写し取ったからだと思います」

「どういうことよ。あんた、何をいおうとしているの？」

「気のない女に対しては、男はいつでも硬派でいられるということです」

桜は身体を硬直させて勇を睨んだ。唇が歪み、頬が痙攣を起こした。次の瞬間、桜の右手が引かれ、勇の頬に向かって鋭く回転してきた。勇は反射的に左手で桜の右手を止め、すかさず彼女の頬を叩いた。桜は亡霊にでも出会ったように両目をいっぱいに見開いて棒立ちになった。

勇が前を離れると桜の悲鳴が場内に響いた。勇はクロークに行き、自分のジャンパーを手にした。係の女が渡すまいとジャンパーを引いた。怒声が背後で起こり、振り向く間もなく勇の身体はエレベーターの扉に打ちつけられた。三人の黒服姿の男が目に入った。頭を下げて攻撃を避けようとした勇の左の耳に蹴りが飛んできた。ひきちぎられるほどに痛かった。脛や腹を蹴られ、さらに突きとばされて非常階段の中程まで落とされた。痛みの中で、自分に抵抗する気が起きないのは何故なのだろうと考えていた。所属すべき学校などもうないに等しいのに、何故なのだろう。薄れていく意識の中で、福井の言葉が響いていた。それは「スカートの中の刃物、女だけの刃物や」と叫んでいるように聞こえていた。


合鍵がドアの脇に置かれた植木鉢の中に隠されていることは知っていた。それを使ってまっ昼間に叔父のアパートに侵入した勇と福井は、石油ストーブで暖かくなった部屋の中で、買ってきた稲荷寿司《いなりずし》を食べた。

「丸二日間も道に迷っていて、ようこわなんだね」

「こわかったさ。山小屋といっても穴だらけだし、寒くて凍え死ぬかと思った。山にはまだ雪があったし、小さな滝なんか凍っていたからな」

大菩薩嶺《だいぼさつれい》をめざして塩山《えんざん》から早朝山に入り、道に迷って二日間山中を彷徨《さまよ》って東京に戻ってきたのが四日前。その間に福井は西武池袋《せいぶいけぶくろ》線の桜台《さくらだい》にあるアパートと契約をすませて新学期を迎えるばかりになっていた。

「途中岩壁があってさ。生まれて初めてロッククライミングをやった」

「へえ、それどんなん？」

岩壁といっても七、八メートルの高さで、慣れた山男なら鼻歌混じりで登ってしまうだろう。だが、勇にしてみれば命がけの冒険だった。素手で触れた岩肌は氷のように冷たく、直角に切り立った岩壁にしがみつき、岩の割れ目に指を差し入れると、指先は縦に裂けてしまう程に痛んだ。

もう何度も駄目だと思い、そのたびにあと三十センチ、もう一回腕を伸ばせ、と祈り続けた。

「そのとき、夢を見たようなんだ」

「登っている最中に？」

「ああ。自分が山羊《やぎ》になって岩山を這い上がっている夢だった」

「そんなん嘘や。夢なんか見たら落ちてしまうやし」

火燵に両手を入れた福井は丸い肩を左右に振ってだだをこねたように、嘘や、嘘やを連発した。

確かに夢を見たのだ、と自分の胸に向かって言いきかせていた勇は、腕を伸ばして福井の肩を抱き、その動きを止めた。見返した福井の目に少女のような当惑が浮いた。

勇は顔を寄せた。触れる間際で福井は顔を伏せた。勇は片方の手を福井の顎の下に入れて持ち上げた。乾いた唇が薄く開かれた。接触していたのは二秒足らずの間だった。頬を火照らせた福井は火燵の掛け蒲団に顔を埋めるようにして呟いた。

「うち、彼氏を追って大学に入ったんとちゃうんよ。そんな人、最初からおらんけ」

語尾は怒ったように強くなった。うん、と返事をした勇は、少女の熱しはじめた胸の内から無造作に抜け出し、頼みがあるんだ、と声を弾ませていった。

顔を上げた福井の目の中に、小さな星がいっぱいきらめいて見えた。そんなスバル星団のような目を見たことのなかった勇は、意表をつかれて言葉を失った。

「なんや」

福井の声は思いの外力強かった。勇は気を取り直して訊くことができた。

「おれと立ち合ってほしいんだ」

「立ち合いって、剣道のこと？」

「おれは竹刀、君はなぎなた」

「いつ？」

「これからすぐに。公民館に行けばなぎなた用の防具もある」

「稽古着がないわ」

「マリさんのトレーニングウェアがある。管理人とは昵懇《じっこん》なんだ。平日の昼間はどこも使ってないんだ」

「本気やの？」

「ああ。ずっと君と立ち合いたいと思っていたんだ」

「なぎなたと試合したことあるの？」

「二年前に一度だけ。だが、全日本クラスの技を是非みたい」

「ええよ。やろ。ただし、勝負は一本。あたしが勝ったら一つだけきいてもらいたいことがあるんや」

その意味を深く考えずに勇は頷いた。そして、その願いとは何だろうとふと不安になったのは、防具をつけている福井のひきしまった表情を公民館のホールの広い床に佇んで見つめている時だった。その美しさの前に身の竦《すく》む思いがしたのだ。

素振りは毎日していたが、防具をつけた稽古はここ三ヶ月まったくしていなかった。もし負けたら、おれは一生この日のことを恥じて生きることになる。大袈《おおげ》裟《さ》でなくそう考えていた。

立ち上がった福井は腰を落とし、手にしたなぎなたで一振り鋭く空を斬った。空気がまっ二つに裂けるのが勇の目に入った。黒い双眸《そうぼう》が面の奥から雷光のように伸びてきていた。

ここが自分の場所だ、ここから出発なんだ。

礼をする前に念仏を唱えるようにそう呟いていた勇だったが、竹刀を正眼《せいがん》に構えて相手との間合いを計ると、もう頭の中には何も浮かばなくなった。

勇は右足を三寸、前にすり出した。福井は静かに佇んでいた。空気に身体が溶け込んでしまったほどに自然体だった。

そのとき、少年はそっと緊張を解き、魂を試合の場から浮遊させてみた。相手の力量が、今の自分より数段上だと分かった以上は、精神だけでも自由に旅をさせてやりたいと考えていたからだった。

あとがき

主人公「小林勇」のことは、ずっと頭の中にあった。ずっとというのは、芥《あくた》川《がわ》賞受賞作となった「九月の空」が河出《かわで》書房新社から出版されたあと「ずっと」という意味である。

この作品では「勇」は十五歳だった。その後、続篇も、と出版社から催促され、考えてもいたが、河出の担当者が社を去り、私も時の流れの中で溺れ、時には大病に沈みする内に、「彼」のことは希薄になっていった。

四十歳の誕生日を南極で迎え、翌年の誕生日を過ぎて二日後に父が倒れた。私は父に反抗するために生きていた時代があった。その父が死んだあとで、唐突に「勇」の姿が脳裏に蘇った。彼は花の香りが匂うような少女を前に立ち尽し、はにかんでいた。

「九月の空」の続篇ではなく、少年としての新たな自覚を持った「小林勇」が誕生したのは、この時からである。

それまで、女の子によって自分の人生が左右されることはありえない、と自負していた少年が、魅惑的で怪しげなものを女の子の上に見出すようになって、彼はとほうもない背信が自らの内に潜んでいるのを感じ、それが思いもかけない少女の慈悲によって救われることがあることも、また知ったのである。

「小説すばる」の桜木三郎氏が、一篇書くたびに励まし、涙酒をつき合ってくれた。上梓できたのは出版部の田中捷義氏のおかげである。十五年前、「小林勇」を世に出してくれた、現、トレヴィル社の金田太郎氏にも、改めて感謝したい。

高橋三千綱

1992年秋

解説

池上冬樹

芥川賞作家の高橋三千綱氏が、昨年（二〇二一年）八月に亡くなった。享年七十三。食道ガンと肝硬変を患い、『作家がガンになって試みたこと』（岩波書店）『帰ってきたガン患者』（岩波書店電子書籍オリジナル版）にあるように、ガンと闘い、何度も立ち上がってきた高橋氏だが、最後の夏の闘いもまた凄まじかったことを、娘の高橋奈里氏が「作家、高橋三千綱の生き様」という文章で伝えている（岩波書店のＷＥＢマガジン「たねをまく」より）。

ロサンゼルス在住の奈里さんは、父から腹水がたまっているむね連絡をもらい、コロナ禍であっても、今日本に帰国しなければ一生後悔すると思い、二〇二一年四月に急遽帰国する。症状が悪化して、救急車をよんで病院にいくと、今夜が山ですといわれるのだが、そこから驚異的な回復をみせて、入院中にもかかわらず（重篤であるにもかかわらず）コロナのワクチン接種を受けたいと無理をいって接種を受ける。つまり高橋三千綱は生き続ける意志をもち、自宅にもどってからも、大河ドラマの原作になるようなものを書きたいと歴史・時代小説への意欲を示す。自力で歩けるまで元気になるのだが、それでも肉体的な限界がきて、二〇二一年八月十七日、午後二時半、〝眠るように旅立った〟。

遺族は、「命と同様に作家であることが大切だった父」のため、「新たな世界でも作家として生きて欲しい」という想いから、「旅立ちの服は、43年前に着た芥川賞授賞式のタキシード」にした。「実にカッコよく、新しい世界への旅立ちに相応しい姿だった」と語り、次のように結ぶ。「誰に媚びる事なく、／思った感情をストレートに表現し、／いつも自分の感情に正直に生きる。／そんな父と最期を共に過ごせた事は私にとって一生の財産だ」と。

「誰に媚びる事なく、思った感情をストレートに表現し、いつも自分の感情に正直に生きる」とは、まさに『九月の空』（一九七八年）と本書『少年期「九月の空」その後』（一九九二年）の主人公、小林勇のことではないか。

『九月の空』は、高橋三千綱の出世作である。剣道にうちこむ少年を描いた青春小説で、一九七八年に芥川賞を受賞した。選考委員の吉行淳之介は「さまざまなタイプの少年を描くことによって、男性の思春期というものを追究し、その本質がいつの時代にも変らないことを示したのは、手柄である」と推賞し、瀧井孝作は「剣道の試合の描写もしっかりしてうまいが、それに女学生が出てくると匂うように花やかで、うまい短篇に仕立ててある」と注目し、中村光夫は「題名通り、初秋の空のように爽やかな小説です。思春期を扱って厭味でなく、いわゆる青春小説が文学になり得た稀な例でしょう」と褒めている。

本書の解説を書くために、久し振りに『九月の空』を再読したけれど、過去に読んだときよりも面白かった。芥川賞候補作の「五月の傾斜」、受賞作の「九月の空」、そして「二月の行方」という中篇三作（三部作）で構成されているが、いずれも清新な印象を受ける。

まず、冒頭の「五月の傾斜」は生き生きとしたスポーツ小説である。少しワルな同級生と痴漢退治をする挿話もあるけれど、基本は剣道部の練習と試合が中心となる。剣道にかける少年の物語であり、何かにむかってひたすら挑み続ける物語でもある。少年の思いの深さ、まじりけのない注視、どこに向かうのかわからないエネルギーの強さが読ませる。作中の言葉を借りるなら、「広い、もっと熱い燃焼できる」（角川文庫、七三頁）生命の物語といってもいい。純文学作家高橋三千綱の初期なので、ストーリー展開よりも描写力がまさるけれど、それも逆に新鮮である。

「九月の空」は、「五月の傾斜」よりもいちだんと剣道の内実を押さえている。文章はより繊細で、感覚もさえ、独特の表現で少年の感受性を多角的に捉えて見事。文章は時に詩的でありながらも、堂々と物語が紡がれていく。この芯の太い描写と物語には、同じく剣道を得意とした立原正秋の強靱な文体を思わせるものがある。つまり、事物を一刀両断する凄みが潜んでいるのだ。少年のうぶな心情も映し出しているし、同時に大人なら見過ごしてしまう鋭敏な感覚でさまざまな事象を観察する点も鮮やかで、芥川賞受賞も納得だ。

三番目に置かれた「二月の行方」は、勇がアルバイトをするバーでの日々を描いている。ベトナム戦争にかりだされる米兵たちの出入りする店で、十代のホステスたちが奴隷のようにこき使われて、勇もそんな彼女たちに同情するのだが、その同情を一蹴するのが女主人で、女主人の息子の吉田とともに勇は店の手伝いをして、虐げられる女たちのありさまを目撃する。少年と少女たちのかげのある肖像をたくみにおりこみながら、勇の生き方を明確にしていく。剣道もそうだし、母親の苦しみにみちた生き方もさりげなく余すところなく描ききってすがすがしい。何に向かっていくのか、何を求めているのか、何が重要であるかを正確に書いていて、手応えのある小説だ。

こういう高校一年生の勇のその後を描いたのが、本書『少年期「九月の空」その後』である。「『九月の空』の続篇ではなく」、「少年としての新たな自覚を持った『小林勇』が誕生した」とあとがきにあるように、単独で読んでも充分に楽しめる。実際、前作から続けて出てくるのは、家族以外では剣道部の金村とちょい役の白石ぐらいである。

物語はまず、「十六歳の夏、京都」から始まる。三カ月半前に長野の妻籠で同い年の女子高校生山本ミドリと知り合い、何度か手紙をかわし、そこには祇園祭に来られるようなことがあれば京都を案内したいと書かれてあり、祖父の墓参りができるという思いから京都に行こうと考えた。叔父からは、京都の甘味喫茶「かえで」を訪ねて女主人の大野に金を渡してほしいと頼まれもする。勇はいさんで京都におもむくが、ミドリに居留守を使われ、「かえで」にいけば洗いものをするはめになってしまう。大野の娘の梓や、梓の叔母の芸妓の豆つると交流しながら、複雑な女心を知るようになる。

第二章の「金沢、斜め雪」は、題名通り、金沢が舞台。同級生で剣道部だった白石哲也が父の転勤にともなって引っ越した金沢に遊びにいき、他校の生徒と稽古をつける。本書の重要なキャラクターとなる女子高校生でなぎなたを得意とする福井咲子とも出会う。

そのあと、姉が勝手に応募した日活映画のニューフェースの二次審査を受けて俳優志望の女性たちと知り合う「鯉のぼり」、電車で痴女にあい、痴漢を撃退し、はじめて女性との経験をもつ「東京の夏」が印象深い。結婚問題で対立する姉と父、さらには姉の婚約者も冷静に見据える「姉の駆け落ち」、もう一度京都に向かい、前回居留守をつかわれた山本ミドリ、梓や豆つるの意外な姿を目の当たりにする「古都の底冷え」、そしてともに大学受験に挑む福井の思いや受験の顛末などが捉えられる「青春の行方」で幕を閉じる。

ごらんのように勇は次々と女性たちと出会い、彼女たちの存在に心を揺すぶられていく。「それまで、女の子によって自分の人生が左右されることはありえない、と自負していた少年が、魅惑的で怪しげなものを女の子の上に見出すようになって、彼はとほうもない背信が自らの内に潜んでいることを感じ、それが思いもかけない少女の慈悲によって救われることがあることも、また知った」という内容である。

特に印象に残るのは、福井咲子だろう。高橋三千綱の人物描写はくどいほど目を中心に行われるが、とりわけ福井咲子の目の描写が鮮烈である。「形のよい濃い眉毛の下にある瞳は、はるかな奥行きを感じさせて、冷え冷えと輝いている」とか「氷原のような目の白い部分に桃色の点が浮き上がり、黒い瞳の中に吸い込まれていく」とか「不思議な灯りだ、と思いながら勇は陶酔感を抱いて女生徒の目に見入っていた。ふいに彼女の瞳が海草のような揺れをみせた」とか、出会いの場面（５３・５４頁）は目を中心にして肖像の一端をつかもうとする。

この出会いの場面からしてそうだが、凜とした美しさをもつ作品である。特に地方を舞台にした作品となると風景がたくみにきりとられ、勇の心情が投影されて、詩情がふっと醸しだされる。少年が体験する一部始終が抒情性をおびて、読む者の心にふわりと入り込む。場面によってはもっと深く切り込んでくれてもいいのではないかと思えるところもあるけれど、充分にスケッチ的であるがゆえに光るところもある。たとえば金村のお姉さんの話が「鯉のぼり」「姉の駆け落ち」に出てきて、在日の問題をさりげなく溶け込ませている。ふつうこんな風にさりげなく扱うことはできないのに、ごくごく自然に捉えて違和感を抱かせないのは、作者が、年齢や性別や国をもこえた人間の普遍的な価値を見出そうとしているからだろう。

その普遍的な価値という点でいうなら、ラストの福井咲子の謎めいた言葉もそう。高橋氏は「この小説の最後に、福井咲子が、勇に、もし試合に勝ったら、一つだけきいてもらいたいことがある、と話す場面が出てくる。／単行本を出版したとき、あの子は一体何をいおうとしたのですか、と何人かの人から質問を受けた。私は、知らない、といって答えなかった。／一つ、ヒントを与えるとすれば、十九歳の女の子にとって、生きるということは、悲しくて、嬉しくて、痛くて、心地よいものなのではないだろうか、ということだけだ」(「青春の輝きを――文庫版の刊行間際に」)というのだが、これは作者の自作回答といっていいだろう。タイトルにあるように、青春の輝きとは何なのか、いったい何を求めて生きていくのか、何を探して、何を見出そうとするのかという問いかけのたぐいではないかと思う。

「一体自分は将来何をめざし、何をしたがっているのか、自分自身でも皆目見当がつかないことなのだ」「目標とすべき大学も、その専攻も見つからない。漠然と受験勉強したところで集中力が出てこないし、熱も湧かない」（227・228頁）とすでに「古都の底冷え」で勇が述べているけれど、受験結果を受けての心境となればまた違ってくるだろうし、福井咲子に質問されれば、何か答えていただろう。そもそもこれは青春の輝きをつかみ取る作品なのである。「長い道のりを通し、すべての瞬間がいい瞬間だった。悲しいときも、辛いときも含め、すべての瞬間が経験するに値した」とは男子テニス選手ジョーウィルフリード・ツォンガの今年引退した時の言葉だが、本書に則していうなら、悲しいことも辛いこともすべて含めた経験に値する瞬間であり、それこそ青春の輝きといえるのではないか。

『九月の空』が芥川賞を受賞したとき、選考委員の井上靖が次のように述べた。選考会の席上で「誰かが青春を、青春の時点で書いていると言っていたと思うが、確かにそういう作品だと思う。汚れのないのびのびとした筆である」と。これは本書にもいえる。二十九歳の時に『九月の空』が書かれ、四十四歳の時に本書が書かれたけれど、相変わらず、「青春を、青春の時点で書いている」から、筆は伸びやかで汚れがない。本書では前作にない性体験が書かれてあるけれど、生々しさはあまりなく、勇がどこか清潔な眼差しを残しているのも印象的である。青春のとばくちにいるすべての読者に読んでほしい佳作といえるだろう。

（いけがみ・ふゆき　文芸評論家）

本作品には、一部不適切と思われる表現や用語が含まれておりますが、故人である作家独自の世界観や作品が発表された時代性を重視し、原文のままといたしました。これらの表現にみられるような差別や偏見が過去にあったことを真摯に受け止め、今日そして未来における人権問題を考える一助としたいと存じます。

（集英社　文庫編集部）

本書は一九九二年十月、単行本として集英社より刊行されました。
一九九六年九月、集英社文庫として刊行されたものを再編集しました。

高橋三千綱の本

和三郎江戸修行　脱藩

幕末、越前野山領。小身藩士の三男・岡和三郎は無駄飯食いの立場ながら、剣の腕には覚えがあった。藩重役から江戸での剣術修行を命じられ、旅立つが……。剣客青春ロードノベル！

集英社文庫

集英社文庫

少年期《しょうねんき》「九月《くがつ》の空《そら》」その後《ご》

2022年9月25日　第1刷　　定価はカバーに表示してあります。

著　者　高橋三千綱《たかはしみちつな》

発行者　徳永　真

発行所　株式会社　集英社
東京都千代田区一ツ橋2-5-10　〒101-8050
電話　【編集部】03-3230-6095
【読者係】03-3230-6080
【販売部】03-3230-6393（書店専用）

印　刷　凸版印刷株式会社

製　本　凸版印刷株式会社

フォーマットデザイン　アリヤマデザインストア　　マークデザイン　居山浩二

ISBN978-4-08-744438-4 C0193